EIN PERRY-RHODAN-TASCHENBUCH

W. K. GIESA

WELTRAUM-FALLE STERNENLAND

VERLAG ARTHUR MOEWIG GMBH, 7550 RASTATT

PERRY RHODAN-Taschenbuch
1. Auflage
erscheint monatlich im Verlag Arthur Moewig GmbH, Rastatt

– Originalausgabe –
Titelbild: Alfred Kelsner
Vertrieb: Erich Pabel Verlag GmbH, Rastatt
Druck und Bindung: Elsnerdruck GmbH, Berlin
Verkaufspreis inklusive gesetzliche Mehrwertsteuer

Alleinvertrieb und Auslieferung in Österreich:
Pressegroßvertrieb Salzburg, Niederalm 300,
A-5081 Anif
Einzel-Nachbestellungen sind zu richten an:
PV PUBLIC VERLAG GmbH, Postfach 51 03 31, 7500 Karlsruhe 51
Lieferung erfolgt bei Vorkasse + DM 3,50 Porto- und Verpackungsanteil
auf Postscheckkonto 85234-751 Karlsruhe oder per Nachnahme
zum Verkaufspreis plus Porto- und Verpackungsanteil.
Abonnement-Bestellungen sind zu richten an:
PABEL VERLAG GmbH, Postfach 1780, 7550 Rastatt
Lieferung erfolgt zum Verkaufspreis plus ortsüblicher Zustellgebühr
Printed in Germany
Januar 1985
ISBN 3-8118-5110-1

Die Weltraumfalle

Die MOONFLOWER, ein Passagierraumer der Zweihundert-Meter-Luxusklasse, kam von den Arkonwelten und sollte am 14. Juni 2332 um 14:03 Uhr Standardzeit auf dem Tschad-Spaceport landen. Um 13:27 Uhr kündigte der Raumer seine bevorstehende Landung an und forderte den Peilstrahl.

Um 13:31 Uhr riß die Funkverbindung mit der MOONFLOWER ab. Siebzehn Sekunden später verlor die Leitstelle des Raumhafens das Passagierschiff aus der Ortung. Da die MOONFLOWER weder einen Defekt gemeldet noch einen Notruf abgestrahlt hatte, schob man das Verschwinden zunächst auf technisches Versagen der Hafeneinrichtungen. Um 13:36 Uhr stand jedoch fest, daß es kein technisches Versagen gab.

Aber die MOONFLOWER war im erdnahen Raum nicht mehr zu finden.

Zehn Minuten lang wurde der Passagierraumer über Normal- und Hyperfunk angerufen, meldete sich aber nicht. Der Start- und Landeverkehr über dem Tschad-Raumhafen wurde gestoppt. Ein Hilfskreuzer jagte in den Raum hinaus.

Aber von der MOONFLOWER existierte keine Spur mehr. Sie war von einem Augenblick zum anderen verschwunden, als hätte es sie niemals gegeben. Die Hafenverwaltung stand vor einem Rätsel. Die Speicherung der Ortungsdaten gab keinerlei Anhaltspunkte.

Die Reederei und der Reiseveranstalter wurden eingeschaltet und wandten sich ihrerseits gemeinsam mit dem Direktor des Tschad-Hafens an die Systemstützpunkte der Solaren Flotte und an die Raumüberwachung Luna. Aber weder eine Basis noch ein Patrouillenschiff der Heimatflotte hatte das Verschwinden der MOONFLOWER registriert. Es gab weder Explosionsenergien noch Strukturverschiebungen.

„Wie weggezaubert", behauptete jemand und wurde deshalb nicht einmal belächelt. Es gab keine logische Erklärung.

Tatsache blieb nur, daß die MOONFLOWER mit vierzig Besatzungsmitgliedern und dreiundachtzig Passagieren verschwunden war.

Wichtige Persönlichkeiten befanden sich nicht an Bord.

Über Asien glühte die Sonne. Aber sie sah heißer aus, als sie schien. Die Klimakontrolle sorgte dafür, daß aus dem kleinen Paradies in und um Terrania-City nicht wieder die dürre Wüste Gobi wurde, die sie vor noch vierhundert Jahren gewesen war. Zudem gab es in dem riesigen Verwaltungsbau, in dem Reginald Bull am Fenster stand, in jedem Raum Klimaanlagen für den Fall, daß die Wetterkontrolle draußen doch einmal nicht ganz so funktionierte, wie sie eigentlich sollte.

Normalerweise befaßte sich Staatsmarschall Bull nicht mit Routineangelegenheiten. Dafür hatte er seine Untergebenen. Bully haßte nichts mehr als Schreibtischroutine. Trotzdem mußte die trockene Theorie bewältigt werden, und er erledigte sie sehr gewissenhaft und schnell.

Noch eine Stunde, dann war für die Staatsdiener Feierabend. Für Bull und ein paar andere nicht. Sie befanden sich in hohen Positionen, aber sie mußten auch ihren Tribut dafür zahlen. Und dieser Tribut bedeutete, daß es kaum Freizeit für sie gab.

Der Chef der Explorerflotte wandte sich vom Fenster ab und blieb neben seinem Schreibtisch stehen. Dies war wieder einer der hinterhältigen Tage, an denen die Aktenberge nicht kleiner werden wollten. Finster starrte er die Mappen an. Obenauf lag die mit den üblichen Berichten, in Kurzform zusammengefaßt und zur Kenntnisnahme. Major Cerne hatte sie am Vormittag zusammengestellt. Jetzt erst kam Bully dazu, sich mit ihr zu beschäftigen.

Er wollte die Mappe schon schließen, als sein Augenmerk auf einen kurzen Absatz fiel, der unter den anderen Routinemeldungen fast verschwand.

EX-124: Versuch aufgegeben, im Zuge der Freundschaftshilfe für Tschad-Spaceport eine Spur der MOONFLOWER im erdnahen Raum zu finden. Resultat in allen Punkten negativ. Captain Sace.

Bully stutzte und strich sich durch das rostrote Bürstenhaar. Der Text machte ihn mißtrauisch. Er ließ sich in den schweren Drehsessel fallen und berührte die Sensortaste der Sprechanlage. „Su, bitte Major Cerne zu mir. Sofort."

Major Cerne ließ auf sich warten. Bully witterte Unrat, riß die Tür zum Vorzimmer auf und sah den schneidigen Major mit der bildhübschen Su flirten. Ihm durchaus verständlich, aber wenn er „sofort" sagte, meinte er das auch.

Su warf Bully einen hilflosen Blick zu. Sie wurde mit Cernes aufdringlichem Charme nicht fertig. Bully räusperte sich und krümmte den Zeigefinger. „Kommen Sie schon, Don Juan. Können Sie mit Ihren Annäherungsversuchen nicht bis Feierabend warten? Su hat eine Menge Arbeit, von der Sie sie abhalten."

Jeden Tag dasselbe Problem. Nur gab es keine Abhilfe. Cerne war auf seinem Gebiet tüchtig, ließ sich aber gern ablenken, und Bully gefiel die attraktive Schönheit in seinem Vorzimmer doch auch! Deshalb verzichtete er auf eine Umgruppierung des Personals.

Major Cerne straffte sich und marschierte an Bully vorbei in dessen geräumiges Büro. „Sir?"

Bully ließ sich wieder in seinen Sessel fallen und warf ihm die Mappe zu. „EX-124. Was soll das, Cerne?«

Der Major, zuständig für den Routinekram und das Auseinandersortieren von wichtigen und unwichtigen Dingen, zuckte zusammen. Er überflog den Text noch einmal, den er am Vormittag niedergeschrieben hatte, und begann sich zu erinnern.

„Ach ja, Sir. Nichts Besonderes. Die EX-124 kam gestern gegen Mittag vom Fernflug zurück. Irgendein Passagierschiff muß verschwunden sein, die MOONFLOWER. Die EX beteiligte sich kurz an der Suchaktion. Das ist alles, Sir. Haben Sie sonst noch etwas für mich zu tun?"

Bully atmete tief durch.

„Überlegen Sie mal scharf und eingehend, Cerne. Ein Passagierraumer verschwindet. Wie ist das möglich? Laut EX-124 gibt es keine Spuren. Aber ein spurloses Verschwinden ist so gut wie unmöglich."

Cerne zuckte mit den Schultern. „Ich weiß auch nicht mehr als das, was in Captain Saces Meldung stand."

„Und die will ich sehen. Aber lassen Sie die Tür offen, Cerne, damit ich Sie auf Ihrem Weg an Su vorbei im Auge habe."

Mißmutig zog Cerne ab. Bully grinste.

Kurz darauf kam Cerne zurück und legte eine Folie vor Bully auf den Schreibtisch. Bully las und informierte sich über die Suchaktion nach der MOONFLOWER. „Und?"

fragte er dann. „Was ist sonst noch dabei herausgekommen? Forschen Sie nach... nein, lassen Sie es. Ich forsche selbst. Sie haben ja in einer halben Stunde Feierabend, und die Sache kann länger dauern. Setzen Sie nur Su keine Flausen in den Kopf. Sie ist ein anständiges Mädchen."

„Und ich bin ein anständiger Mann. Sir, wenn Sie sich bitte nicht in meine Privatangelegenheiten mischen würden?"

Bully winkte ab. „Dafür dürfen Sie mich auch mal anpfeifen", sagte er grinsend.

Als Cerne gegangen war, begann Bully Ferngespräche zu führen.

Und je mehr Informationen er einholte, desto unheimlicher wurde ihm das Verschwinden des Passagierraumers. Er rief Allan D. Mercant an. Aber der Chef der Solaren Abwehr konnte ihm auch nichts Neues berichten. „VIPS waren keine an Bord, Bully, ein Attentat ist nahezu auszuschließen. Und deshalb ist die SolAb auch nicht zuständig."

„Noch nicht, mein lieber Allan", sagte Bully. „Noch nicht..."

„Bully, wenn Sie mit Gewalt aus keinem Fall einen Fall machen und mir den aufhalsen wollen, lasse ich Ihre sämtlichen jungfräulichen Whiskeyflaschen beschlagnahmen!" drohte Mercant. „Wir haben auch so schon genug zu tun..."

Bully beendete das Gespräch und begann das nächste. Auch wenn er dienstlich nur für die Explorerflotte zuständig war, war er „nebenbei" auch noch Stellvertreter des Großadministrators Perry Rhodan, und in dieser Funktion schaffte er es trotzdem, zwei Kreuzer der Städteklasse loszueisen. Er gab klar umrissene Anweisungen.

Aber er wußte, daß Resultate, wenn es sie gab, noch einige Zeit auf sich warten lassen würden.

Und als er mal kurz ins Vorzimmer schaute, hatte auch sein süßer Engel Su schon das Haus verlassen. Feierabend für die meisten Beamten und Angestellten der Administration.

Für Bully und ein paar andere aber ging die Arbeit weiter.

Captain Mix, Kommandant des Kreuzers RABAT, sah den Einsatz als eine seiner leichtesten Übungen. Captain Lucia Ballard von der CADIZ warnte. „Wenn Marschall Bull der Meinung ist, zwei Kreuzer der Städteklasse müßten es sein, dann ist was im Busch! Wir sollten uns auf Überraschungen unangenehmer Art gefaßt machen!"

Mix winkte ab. Die Direktverbindung zwischen den beiden Kugelraumern erlosch bis auf weiteres. Die beiden Schiffe jagten im Formationsflug dem Sektor entgegen, in welchem die MOONFLOWER aus der Ortung des Taschad-Hafens verschwunden war.

Mix nahm es auf die leichte Schulter. Seiner Ansicht nach hätten ein paar mit Instrumenten vollgepackte Space-Jets ausgereicht. Mehr als mit allen Ortungssystemen spielen, konnten auch zwei Kreuzer nicht. Der Einsatz verpulverte nur unnötig Energie und Steuergelder.

Lucia Ballard, eine in Ehren ergraute Frau mit großer Weltraumerfahrung, war anderer Ansicht. Sie hatte vor Jahren ein Schlachtschiff kommandiert und gehörte zu den Veteranen des Blues-Krieges. Im Lauf der Zeit war ihr das Schlachtschiff zu groß geworden, und sie hatte sich auf den Kreuzer der Heimatflotte versetzen lassen. Aber ihre lange Weltraumerfahrung sagte ihr, daß nicht nur Bully besondere Gründe für seine Anforderung haben mußte, sondern daß hier auch etwas oberfaul war. Daß ein komplettes Raumschiff ohne jede Spur verschwinden konnte, und das im streng abgeschirmten und peinlich exakt überwachten Solsystem, das gab es einfach nicht.

Sie befahl daher erhöhte Aufmerksamkeit.

Den Ortungssystemen der CADIZ fiel es nicht schwer, Energie-Restfahnen aufzunehmen, die den Triebwerken der MOONFLOWER entstammten, aber die hatten andere früher schon mit größerer Genauigkeit registriert. Trotzdem ließ Ballard anhand der nach sechsunddreißig Stunden nur noch schwach strahlenden und fast schon verflogenen Energien den Kurs des Passagierraumers berechnen. Er stimmte hundertprozentig mit den von Tschad übermittelten Daten überein, das Energiespektrum war identisch.

Lucia Ballard war unruhig. Sie ahnte Gefahr, ohne zu wissen, wie diese aussah.

Immer wieder griffen die Ortungen ins Leere. Die Triebwerksspur der MOONFLOWER hörte einfach auf! Es gab keine Verzerrungen im Raumzeit-Gefüge, nichts, das auf ein ungewöhnliches Geschehen hinwies.

Der 1. Offizier der CADIZ war jung und hatte Phantasie. „Stellen Sie sich eine Straße vor, Captain. Da sind hier und da die Einstiege zum Kanalisationssystem. Abgesichert durch glatte Deckel, die fugenlos passen. Jetzt nimmt jemand den Deckel weg. Der ahnungslose Spaziergänger, der Hans-guck-in-die-Luft spielt, fällt hinein und ist fort. Und der andere Bursche macht den Deckel wieder zu. Jetzt finden Sie mal eine Spur von dem Verschwundenen!“

„Ihr Vergleich hinkt, Collins“, sagte Lucia Ballard gelassen. „Es gäbe die Infrarotspuren der Handabdrücke und einiges mehr…“

„Jeder Vergleich hinkt, Captain. Aber wer kein Infrarotgerät hat, weiß trotzdem nichts davon, und mit bloßem Auge ist nicht mal zu erkennen, daß hier eine fugenlos passende Kanalplatte liegt.“

„Und Sie meinen, daß jemand so ein Loch im Weltraum geöffnet und wieder geschlossen hat, und uns fehlen die Spezialinstrumente, mit denen dieses ungewöhnliche und für uns unbekannte Verfahren erkannt werden kann?"

Leutnant Collins nickte.

„So etwa stelle ich mir das vor."

„Da ist was dran. Machen Sie eine Bordbuchnotiz."

Das war der Moment, in dem die Alarmsirenen gellten.

Ballard wirbelte mit dem Drucksessel herum. Bevor sie nach dem Grund des Alarms fragen konnte, kam die Meldung von der Ortung: „Captain, die RABAT ist verschwunden! Mitten aus unserem Taststrahl heraus..."

Ballard beugte sich vor. „Symbolprojektion! Letzter Standort der RABAT und Umgebung auf den Hauptschirm. RABAT gleich Gefahrenzone, Ausdehnung mit Schallgeschwindigkeit annehmen. Energie?"

„Tastung negativ..."

Immer noch gellten die Sirenen durch den Kugelraumer.

„Funkspruch nach Terrania und Luna! Verschwinden der RABAT melden! Wir setzen uns ab..."

Ihre Hände flogen über die Steuerschalter. Im Ringwulst begannen die Maschinen aufzubrüllen. Lucia Ballards Augen waren geweitet. Innerhalb von Sekundenbruchteilen nahm sie auf und verarbeitete, was die Falschfarbenprojektion auf dem Hauptbildschirm ihr zeigte. Dort, wo die RABAT gewesen war, war jetzt nichts! Ein Lichtfleck, der sich ausdehnte, zeigte lediglich die sich ausdehnende Gefahrenzone an. Der Kurs der CADIZ führte als punktierte Lichtspur hinein.

Ballard brauchte den Leutnant nicht anzustoßen. Er schaltete längst und lenkte den Triebwerksschub um. Die CADIZ wurde in eine enge Kurve gezogen, die die physikalische Belastbarkeit des Druckkörpers einer harten Prüfung unterzog. Die Andruckabsorber jaulten und übertönten für Sekunden sogar das nervtötende Gellen der Sirenen.

Wir schaffen es nicht, dachte die Kommandantin und wunderte sich über ihre eiskalte Ruhe. Die Schutzschirme bekamen nicht genug Enerige. Die lief fast restlos in die Triebwerke und Andruckabsorber, um dem nicht gerade langsam fliegenden Kreuzer die enge Ausweichkurve zu ermöglichen.

Die Symbolprojektion rechnete mit. Die Lichtspurkurve würde trotzdem in die angenommene Gefahrenzone geraten. Ballard beschleunigte. Die CADIZ wurde schneller. Damit wurde aber auch die Kurve wieder flacher!

Es war ein Spiel mit dem Feuer. Lucia Ballard riskierte alles – und hoffte zugleich, daß die Gefahrenzone sich entgegen ihrer Annahme doch nicht ausdehnte. Dann war es zu schaffen...

„Terrania meldet sich nicht..."

Im nächsten Moment zeigte die Falschfarbenprojektion nichts mehr. Weltraumschwärze brach in die Zentrale der CADIZ herein.

„Ortungen auf Null...", bekam Ballard noch die Meldung mit.

Dann war alles aus.

Es hatte sie doch noch erwischt.

Auch die CADIZ war ohne jegliche Spur aus dem Universum verschwunden...

Die Bildwiedergabe des Sichtsprechgeräts vor Reginald Bull zeigte Allan D. Mercants Gesicht. Der Chef der SolAb hatte auch eine Stunde nach Mitternacht noch keinen Feierabend gefunden.

Zwei *Leidtragende* nickten sich kurz zu. Mercants Gesicht wurde grimmig. „Bully, nun ist aus dem Nicht-Fall doch ein Fall für uns geworden... Habe ich das Ihnen zu verdanken?"

„Ja!" sagte Bully nur.

„Ihnen tue ich auch mal einen Gefallen... Wollen Sie gar nicht wissen, warum es ein Fall geworden ist?"

Reginald Bull konnte es sich denken. „Die beiden Kreuzer sind verschwunden?"

Jetzt war es Mercant, der ein knappes „Ja!" hervorstieß.

„Mahlzeit!" platzte Bull heraus. „Die armen Teufel an Bord... Gibt es irgendwelche Anhaltspunkte?"

„Ich schicke Ihnen eine Kopie meiner Bericht-Kopie", sagte Mercant. „Entweder schlafen momentan alle Ortungen im ganzen Solsystem tief und fest, oder etwas Ungeheuerliches streckt seine Klauen nach uns aus! Bully, wenn Raumschiffe schon ohne jede Spur verschwinden können... wann werden es Planeten sein?"

„Phantast, der Sie sind..."

„Bully", sagte Mercant schroff, „ohne Phantasie wäre ich nie das geworden, was ich bin, und ohne Phantasie einiger Leute gäbe es auch kein Solares Imperium, aber ein Solsystem, das unter Arkons Fuchtel stände... Müssen wir nicht jeden Tag aufs neue feststellen, daß die Wirklichkeit den Rahmen jeder Phantasievorstellung sprengt? Und jetzt habe ich das zweifelhafte Vergnügen nachzudenken, was man gegen eine Bedrohung unternimmt, die man erst bemerkt, wenn alles vorbei ist..."

Er schaltete ab.

Bully beneidete ihn um dieses zweifelhafte Vergnügen nicht. Seine Gedanken rotierten ja auch, aber während Mercant vordringlich den Sicherheitsaspekt sah, dachte Bully wissenschaftlich.

Bisher waren Menschen noch mit jedem Problem fertig geworden. Das Verschwinden der MOONFLOWER war ein physikalisches Novum, mehr nicht. Also mußten Physiker darauf angesetzt werden.

Er hatte auch schon einen Mann im Auge, der es schaffen konnte, diese Nuß zu knacken. Fahrig kritzelte er den Namen auf einen Merkzettel, damit er am nächsten Morgen anrufen und diesen Mann auf den Fall ansetzen lassen konnte.

Mercants Worte fielen ihm wieder ein. *Wann werden es Planeten sein, die verschwinden?*

Aber vor der Antwort hatte er hundsgemeine Angst...

Sternenland

1.

Tyll Leyden und eine Frau? „Unmöglich", hatte erst vor kurzem ein Kollege behauptet und war damit einem Gerücht energisch entgegengetreten, „der ist doch mit seiner Arbeit verheiratet und denkt gar nicht ans Fremdgehen... außerdem, welche Frau hält es schon mit einem solchen Phlegmatiker aus?"

Deshalb wunderte sich Teamchef Huan Cheng auch ein wenig, als Tyll Leyden beiläufig bemerkte: „Auch wenn der Weltraum mal wieder brennt... mit Ihrer gütigen Erlaubnis werde ich heute ausnahmsweise pünktlich Feierabend machen, weil ich eine Verabredung habe."

Huan Cheng stutzte erst, legte den Kopf etwas zurück und sah Leyden prüfend an. „Nanu, Tyll? Wieder eine Ihrer berüchtigten Extratouren, für die Sie freie Hand brauchen?"

Leyden zuckte nur mit den Schultern. „Meine Privatsache, Cheng, aber damit Ihr Nervenkostüm nicht mit Ihnen Achterbahn fährt: Die Extratour heißt Tania Craven und ist überaus blond.“ Und dabei grinste er Huan geradezu unverschämt an.

Huan schüttelte den Kopf. „Tyll, keiner von uns kann pünktlich Feierabend machen, bevor nicht der Fall MOONFLOWER geklärt ist, und Sie doch erst recht nicht, weil Mister Bull doch gerade Sie persönlich auf diesen Fall angesetzt hat…“

Leyden schüttelte den Kopf. Wortlos griff er in ein Schrankfach, zog eine Plastikkarte hervor und hielt sie Huan immer noch stumm entgegen.

Leydens Anwesenheitsnachweis. In den letzten vier Tagen hatte Leyden nach Karte täglich fünf Überstunden geleistet. Und daß er nicht mal alle eintrug, wußte sein Teamchef so gut wie jeder andere.

Huan Cheng schluckte. Er mochte Tyll Leyden nicht gern unter Druck setzen. Der 34-jährige Physiker und Astronom, der unter seinen Kollegen kaum Freunde besaß, war eine Kapazität. Hunderte hielten ihn für verrückt, wenn er ungewöhnlichen Ideen nachging, aber immer wieder hatten sie auch vor seinen überlegenen Fähigkeiten kapitulieren müssen, wenn er überraschende Ergebnisse vorlegte. Hinzu kam, daß der Teamchef auf Impos gewesen war, als das sagenhafte Planetarium der legendären *Oldtimer* erforscht wurde. Um diesen Job beneidete ihn jeder, nur Tyll erinnerte sich nicht gern daran. Er war kein Chef-Typ, sondern ein Arbeitstier. Bevor er Anordnungen gab und Kollegen einteilte, machte er die Arbeit lieber selbst. Vor allem Arbeit, die ihn interessierte, und gerade um die hatte er sich auf Impos durch seine Chef-Position zu wenig kümmern können.

Seither hatte er sich jedesmal erfolgreich gedrückt,

wenn ihm jemand eine leitende Position zuschieben wollte. Tyll ließ sich nicht gern auf diese Weise kaltstellen, wie er es einmal bezeichnet hatte.

Jetzt schob er die Karte wieder ins Fach zurück, drehte Huan Cheng den Rücken zu und beugte sich wieder über seine Arbeit.

Huan Cheng sah ihm über die Schulter und räusperte sich. „Tyll, ich kann Sie nicht gehen lassen…"

„Ihre Sache. Meine ist es, die Verabredung mit Tania Craven einzuhalten", sagte Tyll gleichmütig und vertiefte sich in einen verschlüsselten Computertext. Er las ihn fließend.

„Was ist das denn?" stutzte Huan.

Er las und entschlüsselte mit.

Fast wäre er geplatzt. „Stonehenge? Tyll, was haben die Megalithen von Stonehenge mit dem Verschwinden der MOONFLOWER zu tun? Können Sie mir das erklären?"

„Nein", sagte Tyll Leyden.

Huan Cheng zählte bis zehn. „Warum nicht?" flüsterte er.

„Weil ich keinen sehe", bemerkte Leyden mundfaul und las weiter den Computertext.

„Mister Tyll Leyden", Huan wurde förmlich, „darf ich Ihren Erfolgsbericht im Fall MOONFLOWER entgegennehmen?"

Mit seiner Mundfaulheit konnte Leyden zur Plage werden. „Sobald er fertig ist, Mister Huan Cheng."

„Und wann, bitte, ist das der Fall?"

Leyden deutete mit dem Daumen nach links. Dort befand sich ein Computerterminal. Alle Anzeigen gaben Rot-Werte. Das hieß, daß die Positronik an einem Fall arbeitete und beschäftigt war.

„Fragen Sie den Blechonkel. Der rechnet die MOONFLOWER-Daten durch."

Huan begriff, daß Leyden wieder mal einer *Nebenbeschäftigung* nachging. Einer Sache, die ihn mehr interessierte als seine offizielle Arbeit. Das kam häufig vor und war jetzt wieder der Fall. Huan sagte es ihm auf den Kopf zu.

Leyden nickte. „Dann wissen Sie ja Bescheid, Huan... und vielleicht gibt es ja doch einen Zusammenhang. Zumindest elementare Dinge sind mir inzwischen klargeworden."

„Und die wären?"

Leyden schüttelte den Kopf. „Es ist noch zu früh."

„Und woran arbeiten Sie *nebenbei?* Stonehenge ist ein Fall für Historiker! Sie sind Astronom und Physiker..."

„Und aus der Sicht des Physikers hat bisher noch niemand Stonehenge ernsthaft bearbeitet." Leyden wurde plötzlich gesprächig. „Ich bin dabei, zu beweisen, daß diese Steinkreiskonstruktion Transmitterfunktion innehatte, als sie noch vollständig war..."

Huan Cheng fuhr auf dem Absatz herum und verließ Leydens Arbeitsraum. Schwungvoll schmetterte er die Tür zu, lehnte sich dagegen und rieb sich die Schläfen. „Schwachsinn", keuchte er. „Warum werfe ich diesen Irren eigentlich nicht 'raus?"

Er riß die Tür wieder auf und brüllte.

„Mister Leyden! Auf Marschall Bulls Empfehlung und meine Anweisung hin arbeiten Sie am Fall MOONFLOWER und nicht an Hirngespinsten!"

„Das haben Sie mir schon mal in leiserem Ton erzählt", sagte Tyll gelassen. „Kann ich jetzt weitermachen?"

„An MOONFLOWER!" brüllte Huan. „Nicht am Stonehenge-Blödsinn!"

Leyden zeigte ein schmales Lächeln. „Tja, dann habe ich ja früher Feierabend als erwartet, Huan." Er erhob sich und schob den Stuhl zurück. Die Stonehenge-Unterlagen wanderten säuberlich geordnet in eine Kunststoffmappe.

„Was soll das heißen?“ schrie Huan Cheng. Hinter ihm wurden Türen geöffnet. Wissenschaftler interessierten sich dafür, aus welchem Grund Teamchef Huan brüllte.

„Das heißt, daß der Rechner noch an seinem Problem kaut“, sagte Leyden freundlich. „Ich habe ein Programm erstellt, nach dem sämtliche bekannten Informationen unter dem Aspekt eines n-dimensionalen Transmittereffekts durchgerechnet werden. Den bisher faßbaren Ergebnissen nach wird die Positronik damit erst nach meinem Feierabend fertig, so daß ich erst morgen weiterarbeiten kann. Guten Tag, Huan.“

Die Mappe unter dem Arm, schob Leyden sich an ihm vorbei, schloß seinen Arbeitsraum nicht ab und schlenderte über den Gang davon. Die Füße zog er schlurfend nach, hielt den Kopf leicht vorgebeugt und sah aus wie jemand, der im Gehen einschläft.

Huan Cheng sah ihm nach. Er faßte sich wieder an die Stirn. Warum hatte er sich dazu hinreißen lassen, zu brüllen? Er hatte die Nerven verloren!

Das war ihm bisher noch nie passiert. Aber Leyden, diese Nervensäge, hatte ihn auch noch nie in dieser Form auf die Palme gebracht. Bull und Mercant machten Druck, unter dem Huan sich zu beugen hatte. Die Sicherheit des Solsystems war in Gefahr. Und Mister Tyll Leyden hatte nichts Besseres zu tun, als seine Aufmerksamkeit einem Hirngespinst zu widmen! Stonehenge als Transmitter! Daran, daß jeder Transmitter gewaltige Energiemengen verschlang, schien Leyden nicht mal im Traum gedacht zu haben. Woher, bitte, sollten die Energien kommen? Stonehenge war nichts als eine Ansammlung von Steinen in einem teilzerstörten Torkreis.

Huan Cheng starrte die arbeitende Positronik an. Dann

schloß er die Tür und schritt über den Gang davon. Er hatte Leyden nicht festhalten können.

Für die Art des Programms, das Leyden der Positronik eingegeben hatte, interessierte er sich nicht.

Vielleicht hätte er sich dann sogar zu einem Mord hinreißen lassen...

Tyll Leyden besaß einen Bungalow am Rand von Atlan-Village, dem Stadtteil der Künstler und Ausgeflippten von Terrania. Das war die für ihn einfachste Möglichkeit, in seiner schmalen Freizeit ungestört zu bleiben. Niemand vermutete hier einen ernsthaften Wissenschaftler.

Sein Bungalow war mit den Anwesen der Regierenden am Goshun-See nicht zu vergleichen. Trotzdem gönnte Leyden sich hier Luxus, den niemand bei ihm vermutete. Hier konnte er sich entspannen, wirklich entspannen.

Auch seine Besucher, wenn er welche empfing.

Tania Craven empfing er gern. Sie kannten sich noch aus ihren Jugendjahren. Damals hatten ihre Wege sich bald getrennt, aber der Kontakt war geblieben, und alle paar Jahre traf man sich. Tania gehörte zum Führungsstab eines terranischen Industrieunternehmens auf den Arkonwelten. Deshalb wunderte Leyden sich, daß sie sich auf der Erde befand.

„Ja, Tyll, ich komme direkt von Arkon... und ich wollte dich mal persönlich wiedersehen! Du hast dich nicht verändert."

„Soll ich das als Kompliment oder Beleidigung auffassen?" fragte Tyll, der privat normalerweise genauso phlegmatisch und mundfaul war wie im Beruf. In Tanias Gegenwart blühte er förmlich auf.

„Du kannst bei mir wohnen, solange du in Terrania bist", bot er ihr an. „Das Haus ist groß genug für zwei, und ich sehe auch nicht ein, warum ich dir zu nahe treten sollte…“

Sie lachte leise. „Nein, Tyll… ich habe ein Zimmer im ‚Residence‘.“

„Dann laß andere darin wohnen, nimm deinen Koffer und komm hierher. Wir haben uns so lange nicht gesehen, und es gibt so viel zu erzählen…“

Tania Craven schüttelte den Kopf. „Tut mir leid, Tyll, ich behalte das Hotelzimmer, aber ich habe für meinen Besuch jede Menge Zeit mitgebracht. Alle Zeit der Welt…“

Sie kam auf ihn zu, küßte ihn und schmiegte sich an ihn. Plötzlich fühlte er sich zurückversetzt in die wilden, alten Zeiten… damals… jene Wochen, Monate einer flammenden Leidenschaft, die irgendwann abkühlte, als sein Interesse an der Wissenschaft wieder überhandnahm und der Reiz des anderen schwand.

Das andere, das vielleicht Liebe hätte werden können…

Tania schien das gleiche zu denken wie er. „Wie lange ist es jetzt her? Zehn Jahre? Fünfzehn?“

Tyll Leyden, der nie einen Zahlenbegriff vergaß, wußte es nicht mehr! „Ist es wichtig?“ fragte er leise.

Sie schüttelte den Kopf mit der blonden Mähne. „Nein, Tyll. Nicht in dieser Nacht…“

Draußen funkelten die Sterne. Die Nacht war angenehm warm, und das Wasser im Swimming-pool, von Servorobots erst am Vormittag erneuert, glitzerte und funkelte mit jedem Wellenschlag.

Einmal schnurrte der Telekom, aber Tyll und Tania beachteten das Gerät nicht. Sie hatten sich viel zu erzählen und viel nachzuholen.

Irgendwann später sprach Tania vom Sternenland. Tyll Leyden setzte die beiden Gläser mit einem Mixgetränk am Poolrand ab. „Sternenland, Tania?“ fragte er mit leisem Lachen. „Was ist das denn für eine Gegend?“

Tania Craven schwamm ihm entgegen und streckte die Hand nach dem Getränk aus. Tyll reichte es ihr in den Pool. Sie strich sich eine nasse Haarsträhne aus der Stirn. „Es heißt so, Tyll, und es ist ein kleines Paradies... nein, so klein auch wieder nicht... aber es ist einmalig schön!“

Sie nippte am Glas. „Was ist das?“

„Meine Spezialmischung. Kein Alkohol, aber verschiedene Spezialitäten von drei Planeten. Ist nicht so gelungen wie sonst...“

„Aber trotzdem gut. Skol, Tyll!“

Er interessierte sich für das Sternenland. „Eine Touristenwelt, Tania?“

Sie lachte ihn mit funkelnden Augen an. „Nein, denn dann wäre es kein Paradies mehr. Mehr ein Geheimtip für Eingeweihte, und nur wenige wissen um das Geheimnis. Hättest du nicht Lust, mitzukommen ins Sternenland?“

„Ich?“

In Tania Cravens Nähe war er nicht wiederzuerkennen, war er nicht der eigentliche Tyll Leyden. Aber jetzt hatte ihn plötzlich die Wirklichkeit wieder. Hier alles liegen und stehen lassen, um mit Tania das Sternenland aufzusuchen?

„Es wird dir gefallen, Tyll. Wenn es jemals den Garten Eden gegeben hat, dann muß er dieses Sternenland sein...“

„Warum heißt es so?“

Das konnte sie ihm nicht sagen, dafür aber, daß es dort nie dunkle Nächte gab wie auf der Erde. Sie sprach vom Schlaraffenland, von Glück und Liebe. Sie sprach von Schönheit, aber Tyll Leyden sah nur die Schönheit in ihren Augen. Spiegelten die nicht ihr Erleben im Sternenland wider?

Er mußte sie wieder küssen. Sie kam „an Land", und das Sternenlicht warf blitzende Reflexe über die Wassertropfen auf ihrer Haut. Das Sternenland war kein Gesprächsthema mehr.

Viel später trennten sie sich, als es fast schon wieder hell wurde. Tania Craven verließ Tyll Leydens Bungalow. Sein Angebot, sie mit seinem Gleiter zum Hotel zu fliegen, lehnte sie ebenso ab wie vorher seine Bitte, bei ihr zu wohnen. Sie bestellte ein Robottaxi. Das wartete schon draußen an der Grundstücksgrenze. Weiter hinten erhob sich die Silhouette der Milliardenstadt mit ihren Wohntürmen und bizarren Bauten, über denen die ganze Nacht über ein eigentümlich-faszinierender Lichtschimmer lag, der jeden in seinen Bann schlug. Wer einmal in Terrania gewohnt hatte, wollte nie wieder weg, allein um den nächtlichen Anblick dieses Stadt-Giganten bestaunen zu können. Der Mittelpunkt des Solaren Imperiums, bei Tage ein brodelnder Hexenkessel aus Menschen, Plastik und Beton, wurde nachts zu einer Perle im Universum, die unbeschreiblich glänzte und flimmerte und alles Unangenehme vergessen ließ.

„Es war schön, Tyll", hauchte Tania und küßte Tyll Leyden noch einmal.

„Sehen wir uns wieder?" fragte er. „Du bleibst doch noch länger hier?"

„Vielleicht sehen wir uns im Sternenland", sagte sie leise, entwich seiner Hand mit einer geschmeidigen Körperdrehung und glitt ins Taxi.

Das Robottaxi jagte lautlos davon. Tyll blieb draußen in der Nacht stehen, legte den Kopf in den Nacken und sah Väterchen Mond über sich, den Schutzpatron der Liebenden. Grinste der blasse alte Bursche nicht vergnügt da oben im Milchstraßengefunkel?

„Tania Craven“, flüsterte Tyll und bedauerte, daß sie fort war. Die Stunden mit ihr waren schön gewesen, sehr schön. Aber war es Liebe?

Er schüttelte den Kopf. Was damals erlosch, jenes verzehrende Feuer, glimmte noch und flackerte, aber es würde nie wieder lodern. In Tyll Leydens Leben gab es keinen Platz für eine Frau. Sie konnte für ihn nur die zweite Rolle spielen. Die erste blieb die Wissenschaft, die ihn immer wieder zwang, rätselhaften Dingen auf den Grund zu gehen und der Menschheit neue Gebiete zu erschließen.

Langsam wandte er sich um. Vor sich sah er wieder Tanias Gesicht und das Funkeln in ihren Augen, spürte ihre Küsse. Es war vorbei. Es war ein schönes, verschwenderisches Erinnern an damals, aber nun war es vorbei.

„Sternenland? Hier alles aufgeben, um mit Tania ins Sternenland zu gehen?“

Nein. Und trotz aller ihrer Schilderungen hatte sie ihm nicht verraten, wo in der Galaxis dieses Sternenland zu finden war. Es blieb ihr Geheimnis. Der Geheimtip für Eingeweihte.

Na dann, dachte Tyll. Seltsamerweise spürte er keine Müdigkeit. Er sah zum erstenmal seit Feierabend wieder auf die Uhr. In drei Stunden begann wieder sein Dienst im Forschungszentrum der Administration.

Vorher zu schlafen, lohnte sich nicht mehr. Tyll frühstückte allein, überlegte, ob er Tania nicht noch kurz im „Residence“ anrufen sollte, entschied sich aber dagegen.

Der Alltag hatte ihn wieder, und als er die Zeit mit einem Spaziergang durch die Randbezirke von Atlan-Village vertrieb, dachte er bereits wieder an seine Arbeit. An seine *Nebenbeschäftigung*.

Warum sollten durch einen intakten Steinkreis nicht Energien verfügbar gemacht werden auf eine Weise, die den heutigen Menschen und Arkoniden unbekannt war? Tyll fühlte, daß er auf einer Spur war, aber diese Spur wollte noch nicht deutlicher werden.

2.

Für Tyll Leyden hatte der neue Tag noch nicht begonnen, für Reginald Bull war der andere noch nicht zu Ende.

Bully hockte in seinem Büro und hatte Besuch. Allan D. Mercant saß bei ihm. „Was macht Ihr Wunderkind, Bully? Schon Resultate?"

Reginald Bull gähnte langanhaltend. „Keine", gestand er. „Ich habe heute angerufen, aber nur Doktor Huan Cheng erwischt. Mit Leyden hat es wohl Krach gegeben. Laut Huan hat er alles liegen- und stehengelassen, um sich mit einem blonden Gift zu treffen. Huan wußte sogar ihren Namen. Ich habe bei Leyden anzurufen versucht, aber er rührt sich nicht. Scheint also eine sehr tiefschürfende Sache zu sein."

Mercant grinste. „Bei Tyll Leyden? Kaum vorstellbar. Was man so von ihm hört... Der Mann soll doch ein Fanatiker mit Starallüren sein."

Bully fuhr herum. „Ist er nicht, Allan. Ich kenne ihn besser als Sie, und Perry ebenfalls. Leyden ist ein Genie, nur etwas sonderbar, aber wenn man ihn richtig anpackt, macht er Wunder zur Wirklichkeit."

„Dann sollte er inzwischen Resultate aufweisen können. Damals bei der Schreckwurm-Krise hat er doch Ideen am laufenden Band produziert! Oder ist er ausgebrannt?"

„Leyden? Kaum." Bully lehnte sich zurück. Ein paar

Minuten der Ruhe, Unterhaltung mit einem alten Freund... Mercant sah müde aus.

„Glauben Sie wirklich noch an eine Gefahr für das System?" fragte Bully plötzlich. „Seit einer Woche nichts mehr... Kein weiteres Schiff ist mehr verschwunden."

„Ich glaube mehr denn je an eine Gefahr. Es ist die Ruhe vor dem Sturm. Das Verschwinden der MOONFLOWER und der beiden Städtekreuzer war in meinen Augen ein Test. Ich rechne jeden Tag mit einem Zuschlagen unseres Gegners im Dunkel, aber diesmal im großen Stil."

Bully grinste plötzlich und schlug mit der flachen Hand auf die Sessellehne. „Ich habe einen neuen Job für Sie, Allan, und Sie brauchen sich nicht mal umschulen zu lassen, weil Sie die Grundzüge beherrschen... als Berufsunke..."

„Und wo ist die Stelle zum Lachen?" konterte Mercant grimmig.

Bully grinste immer noch. „Sie müssen optimistischer werden. Ihnen fehlt eine Frau. Machen Sie doch auch mal Urlaub vom Ich – wie Leyden mit seiner Tania Craven..."

Da spitzte Mercant die Ohren. „Moment, Bully, wie hieß die Dame noch? Woher kennen Sie denn den Namen?"

„Doktor Huan wußte ihn... Tania Craven! Was ist denn Besonderes an der Dame?"

Mercant schlug sich mit der Hand gegen die Stirn. „Das fragt dieser Mensch... Bully, haben Sie die Berichte denn mit geschlossenen Augen gelesen? Die Liste der Passagiere der MOONFLOWER..."

„Moment, Allan." Bull beugte sich vor. „Sie wollen doch wohl nicht behaupten, daß Leydens nächtliche Gespielin mit der MOONFLOWER verschwunden ist?"

„Ich will“, fauchte Mercant. „Moment! Wo haben Sie in Ihrer heiligen Ordnung die Kopien?“

Bully rief sie vom Datenterminal ab. Er sah die ausgedruckten Namen der Passagiere. An siebter Stelle rangierte eine Tania Craven. Als Heimatanschrift wurde eine Firmenwohnung auf Arkon I angegeben.

„Das muß ich jetzt aber wissen“, knurrte Mercant. „In einer halben Stunde habe ich vom Paßfoto bis zum Retina-Muster sämtliche Daten dieser Craven...“

Schon war er draußen. Bully ließ sich wieder in seinen Sessel fallen.

Es mußte Zufall sein. Eine Namensähnlichkeit. Die Tania Craven, die mit der MOONFLOWER spurlos verschwunden war, konnte nicht mit Tyll Leydens Freundin identisch sein. Denn wie sollte sie nach Terra gekommen sein?

Der Chef der SolAb entwickelte in den nächsten Minuten eine geradezu hektische Aktivität. Auch er konnte sich nicht rigoros über Datenschutzgesetze hinwegsetzen, aber seine Befugnisse reichten aus, allgemeine Informationen einzuholen.

Eine Tania Craven war als Bewohnerin Terras nicht gemeldet, war aber vor zweiunddreißig Jahren in einer kleinen Stadt in Europa geboren worden. Vor zehn Jahren war sie im Firmenauftrag ausgesiedelt. Die Spur führte nach Arkon.

Anderen hätte das bereits gereicht; Mercant nicht. Er ließ das Arkonsystem im Kugelsternhaufen M 13 anfunken und nach der Anwesenheit einer Tania Craven forschen. Mehr als ihre Anwesenheit dort wollte er gar nicht wissen. Alles andere überstieg auch seine momentanen Befugnisse, da gegen diese Frau nichts vorlag.

Eine Stunde später kam der Hyperfunkspruch aus M 13 von der Arkon-Dienststelle der SolAb.

Tania Craven, einzige im Arkonsystem bekannte Person dieses Namens, verließ Arkon I am Abend des 12. Juni mit dem Passagierraumer MOONFLOWER. Ziel: Terra.

„Stimmt auffallend“, sagte Mercant. „Leider.“ Eineinhalb Tage benötigte die MOONFLOWER, um im gemütlichen Tempo aus M 13 nach Sol zu zuckeln, um in Erdnähe zu verschwinden. Mercant rief Bully über Interkom. „Besagte Tania Craven war an Bord der MOONFLOWER!“

„Kein Irrtum möglich?“

„Bully, kennen Sie die SolAb immer noch nicht?“

Das sagte alles. Wenn Mercant Daten als richtig angab, waren sie auch richtig.

„Bully, wissen Sie zufällig, ob diese Dame länger bei Leyden wohnt oder irgendwo anders untergekrochen ist? Sie hat auf Terra keinen Festwohnsitz.“

„Das konnte mir Huan nicht sagen. Schließlich ist's nicht üblich, in den Privatangelegenheiten anderer Leute herumzuschnüffeln. Aber mich interessiert's jetzt auch. Fragen Sie doch mal Leyden.“

Zwei Stunden später bekam Tyll Leyden an seinem Arbeitsplatz Besuch. Zwei Männer in grauen Plastikanzügen störten ihn. Mißmutig stand Huan Cheng im Hintergrund und spitzte die Ohren, um zu erfahren, was Leyden jetzt wieder angestellt hatte.

Tyll war ahnungslos. „Eilt's neuerdings so?“ spöttelte er und wies auf die Computerausdrucke, die er gerade analysieren und vergleichen wollte. „Der Fall MOONFLOWER ist eilig, ich weiß, aber auch ich koche nur mit Wasser, meine Herren...“

Huan Cheng wandte sich ab. Er wußte ja, daß über den Umweg des empfehlenden Reginald Bull die Abwehr hinter dem Erforschungsauftrag steckte. So entging ihm das Weitere.

„Sie sprechen von der MOONFLOWER", sagte der Mann, der sich als Jorge Salin vorgestellt hatte und seinen Begleiter wohl nur mitgenommen hatte, damit es eindrucksvoller aussah. „Wir auch, Mister Leyden. Sie hatten in dieser Nacht Besuch von einer Dame namens Tania Craven."

„Sie wollten von der MOONFLOWER sprechen", erinnerte Tyll gelassen, „nicht von meinen privaten Angelegenheiten."

„Wir sprechen davon." Salin klappte einen Bildwürfel auf. „Kennen Sie diese Frau, Mister Leyden?"

Tyll griff blitzschnell zu und riß dem Beamten den Bildwürfel aus der Hand. „Das ist Tania Craven", sagte er düster. „Aber ich verstehe nicht. Seit wann darf ich mich in meiner Freizeit nicht mehr mit Jugendfreundinnen treffen? Soll ich jetzt auch in meinem Bungalow noch an diesem verdammten Fall arbeiten?"

„Wie lange war Miß Craven bei Ihnen?"

Tyll Leyden verweigerte die Auskunft. Die Fragerei des Beamten ging ihm zu weit. Er wandte sich wieder seinem Arbeitstisch zu und wollte sich setzen. Der Agent faßte zu und riß Tyll an der Schulter herum. „Antwor..."

Tyll gab der aufgezwungenen Drehbewegung noch mehr Schwung, ließ den Arm herumfliegen und entfernte die Hand Salins von seiner Schulter. Salin entfernte er gleich mit. Der Agent taumelte gegen seinen Kollegen und wurde zornrot.

„Ich bin kein Gegenstand, den man einfach anfaßt", belehrte ihn Tyll. „Halten Sie sich in Zukunft bitte etwas zurück, oder ich lasse Sie vom Instituts-Sicherheitsdienst hinauswerfen, wenn Sie sich nicht benehmen können."

Salin funkelte Leyden wütend an. Der zweite SolAb-Mann hielt eine Hand unter der Anzugjacke. Da steckte mit Sicherheit eine Waffe.

„Mister Leyden, beantworten Sie meine Frage, oder ich muß Sie festnehmen."

„Sie können es ja versuchen", erwiderte Tyll. „Nur bezweifle ich, daß Sie mit mir das Institut verlassen können, oder haben SolAb-Agenten neuerdings Polizeibefugnis?"

Die hatte weder Salin noch sein Kollege. „Sie haben meine Frage aber immer noch nicht beantwortet."

„Ich habe auch nicht unbedingt die Absicht", beschied ihm Tyll. „Es sei denn, Sie sind so freundlich, mir erst einmal den Grund für Ihr Hiersein und Ihre lästige Fragerei zu erklären. Was geht es Sie eigentlich an, was ich in meiner Freizeit mache?"

„In diesem Fall sehr viel. Mister Leyden, wußten Sie wirklich nicht, daß Tania Craven mit der MOONFLOWER nach Terra gekommen sein muß?"

Tyll schnappte nach Luft. „Wiederholen Sie das", verlangte er.

Aber danach war ihm auch nicht wohler zumute. Tania sollte mit der MOONFLOWER...? Aber die MOONFLOWER hatte die Erde doch nie erreicht, denn er, Tyll, arbeitete doch an der Aufklärung ihres Verschwindens! Wenn Tania also an Bord gewesen wäre, hätte sie sich unmöglich in der vergangenen Nacht bei ihm aufhalten können. Daraus war zu folgern, daß sie nicht an Bord der MOONFLOWER war.

„Das ist es ja gerade, weshalb wir uns dafür interessieren", sagte Salin wütend. „Und wir möchten von Ihnen wissen..."

„Ich möchte von Ihnen wissen, ob Tania wirklich mit der MOONFLOWER Arkon I verlassen hat oder mit einem anderen Schiff. Vielleicht hat sie in letzter Sekunde die Buchung geändert und ist mit einem späteren Raumer geflogen."

„Sie ist nicht. Wir haben die Passagierliste – nicht die aus dem Reisebüro, sondern die von der Schleusenabfertigung. So schlafmützig sind nicht mal die Arkoniden. Miß Craven ist an Bord gegangen."

„Dann war sie nicht echt!" behauptete Leyden.

„Oder Ihre Miß Craven war nicht echt", widersprach der Schweigsame.

Tyll lachte. „Und ob sie echt war..." Er dachte an Tanias verlangende Küsse, an ihren Körper, den er doch so gut kannte, damals wie heute... an ihre kleinen Gesten, die ihm so vertraut waren, ihre Art zu sprechen und zu denken...

„Wo ist sie jetzt? Hat sie Ihnen verraten, auf welche Weise sie Terra erreicht hat?"

Tyll schüttelte den Kopf. „Wir hatten andere Dinge zu bereden. Ich weiß nur, daß sie von Arkon kam."

„Und wo befindet sie sich?" wiederholte Salin seine Frage.

„Im ‚Residence', aber wenn Sie sie da jetzt stören wollen, müssen Sie sich mit meiner Begleitung abfinden..."

Die beiden Agenten hatten nichts dagegen einzuwenden. Im Gegenteil, sie waren froh darüber. Tyll verließ mit ihnen das Institut, ohne sich bei Huan abzumelden. Aber Huan erwischte ihn auf dem Gang.

„Sagen Sie mal, Chef, haben Sie selbst eigentlich nichts anderes zu tun, als ständig Ihren Mitarbeitern im Nacken zu hängen?" fragte Tyll trocken. „Ich bin zur Frühstückspause wieder hier."

„Das ist mir klar", stöhnte Huan Cheng. „Was aus MOONFLOWER wird..."

„Eben daran arbeite ich in dieser Sekunde." Tyll schmunzelte, aber das Lächeln verflog sofort wieder.

Das „Residence" gehörte zur oberen Luxusklasse. Man

musterte die drei Männer in ihrer räuberzivilartigen Kleidung sehr befremdet, zumal einer von ihnen auch noch schlurfte, als sei er total übermüdet. An der Rezeption erkundigte Tyll sich nach Miß Cravens Unterbringung.

„Miß Craven hat Anweisung gegeben, nicht gestört zu werden“, erklärte der Concierge mit der distanzierten Höflichkeit tausendjähriger altenglischer Butler-Schulung. Tyll grinste leicht. Daß hier ein Mensch stand, war ungewöhnlich und deutete ebenfalls auf den Luxus des Hotels hin. Menschen seines Schlages paßten in diese Umgebung ebensowenig wie die beiden Abwehrbeamten in ihren Billig-Anzügen. Tyll begann sich zu wundern. Entweder besaß Tania Geld wie Heu, oder ihre Firma war ungewöhnlich großzügig, sie hier logieren zu lassen.

„Diese Anweisung gilt nicht für mich“, sagte Tyll. „Bitte, die Zimmernummer. Und melden Sie unseren Besuch an. Tyll Leyden und Begleitung.“

„Miß Craven will nicht gestört werden, Mister Leyden“, wiederholte der Concierge störrisch.

Salin öffnete das Plastiketui mit seinem Dienstausweis. „Kommen Sie Mister Leydens Wunsch nach, oder Sie bekommen Ärger.“

Das war eine Sprache, in der man sich im „Residence“ nicht zu unterhalten pflegte. Plötzlich standen drei Roboter in unmittelbarer Nähe.

„Es ist unser Bestreben“, erklärte der Mann an der Rezeption steif, „unsere Gäste der Ruhe zu versichern, die sie in einem Hotel unserer Güte zu erwarten haben. Dazu gehört auch, daß keine unerwünschten Störungen geduldet werden können. Das gilt auch für die Abwehr. Wenn Sie mit Miß Craven sprechen wollen, tun Sie das bitte, sobald sie für Sie Zeit hat.“

„Vielleicht fragen Sie ja mal bei ihr nach“, empfahl

Tyll. Er ließ sich von den drei Rausschmeißer-Robots nicht beeindrucken. Ehe jemand begriff, was er tat, war er schon hinter der Rezeption und rief das *Gästebuch* ab. Hinter *Craven, Tania,* ihrem Geburtsdatum und ihrer Arkon-Adresse stand die Zimmernummer.

„Grün-sieben-drei-drei“, murmelte Tyll.

„Was machen Sie hier?“ zischte der Concierge. „Sie...“

Da war Tyll schon wieder vorn, und nicht einmal die beiden Abwehrbeamten begriffen, wie er das so schnell geschafft hatte. Dabei waren seine Bewegungen doch so schleppend langsam...

„Machen Sie kein Aufsehen, Sir“, murmelte Salin dem Concierge zu. Die drei Robots verharrten, während Tyll zum Lift hinüberging.

Im Gebäudetrakt mit Grün-Kennzeichnung kamen sie im siebten Stock an. Zimmer 33 war nicht weit vom Lift entfernt. Die Schuhe der drei Männer versanken förmlich in schallschluckenden, zentimeterhohen Teppichen. Kostbare Wandbehänge und Bilder wechselten sich auf dem großzügig bemessenen Korridor mit Sitznischen ab. Tyll fühlte sich in diesem Super-Luxus immer unwohler.

Er klopfte an. Drinnen rührte sich nichts. Dabei war Tyll sicher, daß sein Besuch inzwischen angemeldet worden war. Er hämmerte jetzt stärker gegen die Tür.

„Schallschluckend“, bemerkte Salin. „Das hört drinnen keiner.“

Aber es gab draußen auch keinen Kommunikator. Tyll sah die beiden Agenten fragend an. „Haben Sie nicht so einen Allzweckschlüssel?“

Man hatte. Der Schweigsame öffnete die Tür. Die Innentür war nicht verriegelt. Sie traten in eine Suite, die aus mehreren Zimmern bestand und mit verschwenderischem Luxus ausgestattet war. Tyll war berufsmäßig mit „astronomischen“ Zahlen vertraut, aber den Tagespreis für diese Suite wagte er nicht mehr abzuschätzen. Er rechnete, daß er mit seinem Monatsgehalt nicht auskam.

Er schnupperte Tanias Parfüm und Reste von Zigarettenrauch. Eine etwas ungewöhnliche Marke mit einem auf Terra fremden Aroma. Tanias Zigaretten. Eine angebrochene Schachtel lag noch auf einem Tisch.

Von Tania Craven selbst war nichts zu sehen.

„Die Suite war doch abgeschlossen", sagte Salin erstaunt. Der Stumme testete Fenster und Balkontür durch. Alles war verriegelt. Er öffnete die Außentür und trat auf den Balkon hinaus. Aber von der Konstruktion her blieb im siebten Stock nur die Möglichkeit, zu fliegen oder abzustürzen, wenn man den Balkon verlassen wollte. An der glatten Hausfassade gab es keine Chance, sich zu halten, und den Sprung bis zum nächsterreichbaren Balkon schaffte nicht einmal ein Oxtorner.

Zudem war doch die Tür verschlossen gewesen.

„Das klassische Rätsel des verschlossenen Raumes", stellte Salin fest. „Mister Leyden, besitzt Ihre Jugendfreundin zufällig Para-Fähigkeiten?"

Tyll schüttelte den Kopf.

Er verstand nicht, wieso Tania nicht hier war. Vor ein paar Minuten mußte sie noch im Raum gewesen sein. Der Zigarettenrauch hing noch in der Luft, war von der Klimaanlage nicht abgesaugt worden, und die Aschenreste waren warm.

Hatte sie sich unsichtbar gemacht und befand sich noch im Raum?

Aber warum?

Der Schweigsame hielt plötzlich ein flaches Gerät in der Hand, das in die Innentasche seiner Jacke paßte. Auf Knopfdruck sprang eine Spiralantenne hervor. Langsam drehte der Mann sich um die eigene Achse und wiederholte den Vorgang in jedem der anderen Räume.

„Nichts", sagte er. „Sie ist weg, oder es gibt neuerdings

Deflektorschirme, auf die unser Zauberkasten nicht anspricht. Aber die müssen erst noch erfunden werden."

„Vielleicht", spöttelte Tyll, „war Tania nur eine Illusion..."

„Ha", machte Salin nur. „Verdammt, der Alte zerreißt uns in der Luft, wenn wir ohne diese Frau zurückkehren... Danke, Mister Leyden. Sie haben uns trotz allem ein wenig geholfen. Aber vielleicht erinnern Sie sich noch, ob Ihnen an Miß Craven etwas Ungewöhnliches auffiel."

Er erinnerte sich beim besten Willen nicht. Schließlich setzten sie ihn vor den Toren des Instituts wieder ab, gerade pünktlich zur Frühstückspause.

Tyll Leyden suchte die Kantine auf.

Plötzlich stand Huan Cheng wieder hinter ihm. „Tyll, wann wollen Sie sich endlich wieder an die MOONFLOWER-Sache hängen?"

Tyll zuckte mit den Schultern. „Wenn die Pause vorbei ist... und für die stehen mir fünfundvierzig Minuten zu. Oder ist Ihnen das entfallen?"

Schnaubend zog Huan ab.

Die Frühstückspause war Tyll Leydens Hauptmahlzeit. Und er pflegte sie gewissenhaft einzuhalten. Nichts konnte ihn davon abbringen.

An das Sternenland dachte er schon lange nicht mehr.

3.

„*Womit* befaßt sich Leyden? Mit Stonehenge? Gott der Gerechte..."

Reginald Bull schüttelte den Kopf. Stonehenge, diese altkeltische Rätselkonstruktion, an der sich Experten seit Jahrhunderten die Zähne ausbissen und sich gegenseitig mit Spekulationen überhäuften... und jetzt wollte sich also auch Tyll Leyden in die Phalanx dieser Spekulanten einreihen? Bully traute ihm viel zu, das aber nicht. Zumal Leyden mit Hochdruck an der Klärung des MOONFLOWER-Phänomens arbeiten sollte.

Bully kannte Leyden und wußte, zu welchem Umfang sich dessen „Nebenbeschäftigungen“ aufblähen konnten. Dem mußte man einen Riegel vorschieben. Bully stieß seinen Terminplan um und flog hinüber zum Institut.

Er hatte Glück, weil Tyll Leydens Frühstückspause gerade beendet war. Er traf den Physiker und Astronom auf dem Korridor zu dessen Arbeitsräumen. „Muten Sie sich mit zwei Arbeiten zugleich nicht etwas zuviel zu?“

Stumm schüttelte Leyden den Kopf. Er duldete es, daß Bully ihm folgte und ihn bis zu seinem Sessel vor der großen Arbeitsplatte begleitete. Dort lagen Folien, Datenstreifen und Skizzen. Erstaunt sah Bully, daß Leyden begann, zwei verschiedene Diagramme zu vergleichen. Eines zeigte Energiewerte, die im freien Raum gemessen worden waren. Restenergien der MOONFLOWER, der Beschriftung nach. Das andere war ein Kunstbild der Positronik.

„Was wollen Sie eigentlich an Stonehenge beweisen, Tyll?“ wollte Bully wissen, nur um einen Anknüpfungspunkt für ein Gespräch zu bekommen.

„Daß Stonehenge als eine Art alternativer Transmitter gearbeitet haben könnte. Himmel“, und Tylls Stimme dämpfte sich zum Brummeln ab. „Das könnte ja hinhauen. Wenn ich...“

Huan trat ein, ohne anzuklopfen, wie er es immer tat. „Oh, Mister Bull“, entfuhr es ihm. „Ich kann Ihre Ungeduld verstehen und wollte Mister Leyden gerade daran erinnern, daß...“

„Wie Sie sicher sehen, arbeite ich daran“, brummte Leyden. Er wedelte mit einem der beiden Diagramme.

„Was sind das für Energien? Ich denke, man hat nichts anmessen können..."

„Antriebsenergien der MOONFLOWER Sekundenbruchteile vor ihrem Verschwinden", erläuterte Leyden. „Huan, ich muß in den Weltraum hinaus. Können Sie mir einen EXPLORER besorgen?"

„Wozu?" fragte Huan.

„Ich muß 'was ausprobieren, und das kann ich nur da oben." Tyll deutete mit dem Daumen zur Decke.

„Vielleicht hätten Sie die Güte, mir Ihr Vorhaben näher zu erklären", grollte Huan. „Ich kann keinen EXPLORER ohne jede Begründung anfordern und möglichst noch Ihrem Kommando unterstellen, was mit Sicherheit Ihre nächste Forderung wäre..."

„Wie Sie mich kennen, Huan..."

„Also!" verlangte der. Bully hörte stumm zu und betrachtete dabei die beiden Diagramme, das aufgenommene und das künstlich erstellte. Hinter seiner Stirn erwachte ein unbestimmter Verdacht. Er kannte Leyden zu gut und wußte, daß der Physiker immer für eine Überraschung gut war.

Tyll verzog keine Miene, als er erklärte: „Ich will die Stonehenge-Reste aus dem Weltraum mit einer von der Positronik errechneten Energiemischung bestrahlen, um festzustellen, ob diese Energiemischung Transmitter-Effekte .."

„Stonehenge schlagen Sie sich aus dem Kopf!" fauchte Huan. „Sie arbeiten an MOONFLOWER, vergessen Sie das nicht! Für Hirngespinste werden Sie nicht bezahlt! Wissen Sie, was allein der Start eines EXPLORERS kostet? Abgesehen von dem Zeitverlust, der für Sie an MOONFLOWER entsteht..."

„An MOONFLOWER kann ich auch im Weltraum arbeiten", beharrte Leyden. „Bekomme ich das Schiff oder nicht?"

„Oder nicht", bellte Huan. „So ein Schwachsinn..." Er stapfte davon.

„Dann eben nicht", murmelte Tyll Leyden, nahm wieder seine beiden Diagramme zur Hand und begann Notizen an den Rand zu kritzeln. Daß Bully immer noch neben ihm stand, nahm er gar nicht mehr wahr.

Bully sah ihm einige Minuten lang zu und registrierte die Verbissenheit, mit der Leyden bei der Arbeit war. Aber er konnte nicht unterscheiden, ob Leyden Stonehenge oder MOONFLOWER bearbeitete, und fragen wollte er ihn auch nicht. Aber sein Verdacht nahm immer konkretere Formen an.

Schließlich wandte er sich um und ging.

Knapp zwei Stunden später summte in Huans Büro der Telekom. Ahnungslos nahm der Teamchef das Gespräch entgegen. Er wurde immer blasser. Schließlich stürmte er in Leydens Arbeitsraum.

„Wie, zum Teufel, haben Sie das wieder angestellt?"

Ahnungslos drehte Leyden sich um. „Was? Himmel, Huan, können Sie nicht ein einziges Mal anklopfen? Jetzt habe ich mich vertippt und kann das ganze Programm löschen und von vorn anfangen..."

„Wie, bei allen Blues-Göttern, sind Sie an den EXPLORER gekommen?" zischte Huan.

„Ich? Gar nicht! Sie haben doch meine Bitte abgelehnt, oder hat man mittlerweile mich zum Teamchef gemacht?"

„Spielen Sie nicht den ahnungslosen Engel!"

Leyden schüttelte den Kopf. „Huan, heute scheint es mein Schicksal zu sein, immer wieder für Dinge verantwortlich gemacht zu werden, für die ich nichts kann. Würden Sie mir bitte erklären, was Ihr bühnenreifer Auftritt bedeutet?"

Huan holte tief Luft und zählte bis zehn.

„Vor ein paar Minuten rief ein Major vom Verwaltungsstab der Explorer-Flotte an. ‚Richten Sie Mister Tyll Leyden aus, daß heute um 17:45 Uhr Ortszeit die EX-2115 startet. Mister Leyden möchte sich rechtzeitig an Bord einfinden und den Kommandanten einweisen.' Das, Leyden, soll ich Ihnen ausrichten."

„Na, prima. Dann kann ich ja doch meinen Strahlenenergietest durchführen. 2115, sagten Sie?"

Huan seufzte. „Ja! Verraten Sie mir bitte, wie Sie das geschafft haben!"

„Sie glauben mir ja doch nicht, wenn ich Ihnen eidesstattlich versichere, daß ich wirklich nichts damit zu tun habe... aber vielleicht können wir das Rätsel direkt lösen." Er schritt zum Telekom und tastete Zahlen ein.

„Wen rufen Sie an?"

„Bull."

„Sind Sie wahnsinnig?" flüsterte Huan entgeistert. „Sie können doch nicht einfach den Staatsmarschall anrufen!"

Leyden antwortete nicht. Er wartete fast zwei Minuten, dann flammte der Schirm auf. Bullys Gesicht erschien. „Sie, Leyden?"

„Bully, haben Sie mir die EX-2115 ausgeliehen? Ja? Dann darf ich mich herzlich bei Ihnen bedanken..."

Er schaltete ab und drehte sich zu Huan um. „Bitte, Huan. Ich habe den Marschall wirklich weder angefleht noch bestochen..."

Huans Stimme kam wie aus einem tiefen Grab. „Leyden, es gibt zwei Möglichkeiten, wenn MOONFLOWER abgeschlossen ist: Entweder fliegen Sie, oder ich gehe! Aber mit Ihnen arbeite ich nicht mehr zusammen, Sie Nagel zu meinem Sarg."

Tyll schenkte ihm ein höfliches Lächeln. „Wissen Sie,

Huan, aus ähnlichen Gründen bin ich so ungern Chef... da handelt man sich immer nur Ärger und Schweißausbrüche ein. Das kenne ich noch von Impos her..."

Höfliche Leute schließen Türen leise. Huan Cheng war an diesem Tag alles andere als höflich.

Arius Walter trat unaufgefordert ein. Weder Su noch Major Cerne hatten ihn noch aufhalten können. Walter war einer von Bullys Sachbearbeitern. Er wedelte mit einer Folie und ließ sie auf Bullys Schreibtischplatte landen.

„Und?" fragte Bully grimmig. „Stimmt da was nicht?"

„Eine Beschwerde", sagte Walter. „Doktor Huan Cheng möchte ein Startverbot für die EX-2115."

Bully wollte ihm schon auftragen, die Angelegenheit Cerne zu überlassen, als ihm einfiel, daß Walter und Huan sich gut kannten und daß Bully selbst die EX-2115 für Tyll Leyden eingeteilt hatte. „Walter, haben Sie sich vor Huans Karren spannen lassen? Will der Mann Leyden fertigmachen?"

„Er will ihn stoppen", sagte Walter. „Leyden wird hier in Terrania gebraucht, nicht irgendwo im Weltraum, wo er sich mit hängenden Steinen beschäftigt."

Bully winkte ab. „Bestellen Sie Huan einen schönen Gruß von mir", sagte er. „Tyll Leyden *wird* sich an Bord der EX mit dem MOONFLOWER-Fall befassen. Ich weiß es."

„Aber Mister Bull!" Walter lächelte mitleidig. „Wir kennen doch alle Leyden und seine Extratouren."

„Und wenn sich wie schon öfters wieder mal zwei Dinge zusammenfügen? Ich habe Leyden über die Schulter gesehen. Der Mann ist auf einer Spur, die in den Weltraum und auch nach Stonehenge führt. Und aus dem Grund habe ich ihm den Raumer gegeben."

Arius Walter schnappte nach Luft. „Sind Sie da ganz sicher?“

Bully nickte. „Wir können ja um ein Monatsgehalt wetten. Sie setzen Ihres, ich meines.“

„Sie wollen sich ja nur bereichern“, murmelte Walter und marschierte davon. Augenblicke später kam Allan D. Mercant herein. Die beiden mußten sich im Vorzimmer noch begegnet sein.

„Bully, lassen Sie Ihre Sekretärin in meine Abteilung versetzen“, brummte der kleine Mann mit dem schütteren Haarkranz. „Die tut meinen armen alten Augen wohl. Wie heißt sie eigentlich?“

„Su. Su Persson. Machen Sie sie mir nicht abspenstig. Sie müßten sich sonst mit Major Cerne duellieren... Was liegt an?“

„MOONFLOWER“, sagte Mercant. „Ich wollte Sie im Vorbeigehen informieren. Die Sache weitet sich aus. Nicht nur Leydens Freundin ist verschwunden, sondern auch noch andere Leute.“

„Was für andere Leute?“ fragte Bully überrascht. „Und vor allem: welche Leute? Wichtige?“

„Wie man's nimmt. Irgendwelche Personen in aller Welt sind von einem Moment zum anderen fort wie diese Tania Craven.“

„Dann beherrscht die doch Parakräfte und benutzt sie, um Menschen zu entführen“, platzte es aus Bully heraus.

„Glauben wir nicht“, erwiderte Mercant. „Derzeit nehmen wir die Verhältnisse und das Umfeld der Verschwundenen unter die Lupe. Ich rechne mit Überraschungen.“

Bully lehnte sich zurück. „Allan, können wir ebenfalls verschwinden?“

„Die Möglichkeit kann ich nicht ausschließen und vorläufig auch nichts dagegen tun“, sagte der SolAb-Chef.

„Reizende Aussichten“, murmelte Bully, als Mercant gegangen war, und ließ offen, ob er das Stadtpanorama, Su oder die Weltlage meinte.

Er hoffte, daß Leyden die richtige Spur fand. Aber auf jeden Fall steckte noch mehr dahinter als ein physikalisches Phänomen.

Wer bedrohte Terra...?

Gus Orff sah den Mann hereinkommen, stutzte, rieb sich die Augen und griff spontan zum Interkom. Er schaltete zur Zentrale durch. „Nicht schon wieder *der*, Herzog! Ich kündige! Das halten meine Nerven nicht aus...“

Tyll Leyden lächelte ihn freundlich an, brachte sich in den Bereich der Aufnahmeoptik und winkte in die Zentrale. Er sah Oberst Thomas Herzog zusammenzucken.

„Ich komme gleich mal zu Ihnen ins Häuptlingszelt und gebe genaue Order“, erklärte er.

Gus Orff, Chefwissenschaftler der EX-2115, seufzte abgrundtief. „Sagen Sie bloß, daß Sie neuerdings Kommandant sind“, stöhnte er.

Tyll Leyden lächelte. „So könnte man sagen. Wußten Sie das nicht? Bully hat mir dieses schöne Schiff zur freien Verfügung gegeben. Und wenn Sie mich zur Zentrale begleiten, bekommen Sie da alles mit, und ich muß nicht alles zweimal sagen.“

Mundfaul wie eh und je, dachte Orff. Er erinnerte sich an jene Zeit, da Leyden zur Besatzung des Explorers gehörte und in Orffs Abteilung seine Extratouren ritt. Leyden besaß eine geradezu unnachahmliche Art, das durchzusetzen, was er erreichen wollte, aber Orff hatte nicht ein einziges Mal erlebt, daß Leyden dabei seine eigentliche Aufgabe wirklich vernachlässigt hatte. Leyden war ein Arbeitstier und schaffte für drei, wenn es sein mußte.

Aber das lag Jahre zurück. Damals tauchte gerade die Schreckwurmgefahr in der Galaxis auf, und das Planetarium der *Oldtimer* wurde entdeckt. Und der Zellaktivator...

Orff begriff heute noch nicht, wie Leyden so kaltschnäuzig über seinen Fund hatte hinweggehen können. Jeder andere hätte den höchsten Preis dafür bezahlt, die Unsterblichkeit zu erringen. Leyden interessierte sie nicht! Er hatte das lebensverlängernde Wunder-Ei gefunden, in Besitz genommen und kommentarlos weitergegeben. Ob er sich dabei überhaupt etwas gedacht hatte? fragte sich Orff.

Korridore und Antigravschächte brachten sie zur Zentrale. Oberst Thomas Herzog erwartete sie bereits. Der Kommandant, der seit dreizehn Jahren die EX-2115 flog, verdankte seine goldbraune, feine Haut und seinen ausgeglichenen Charakter seinem Heimatplaneten Rual.

„Es kann ja nicht gutgehen, Mister Leyden", sagte er. „Das verflixte dreizehnte Jahr bringt uns Unglück und Sie an Bord..."

„Tragen Sie's mit Fassung. Wir bleiben ja im Solsystem. Wenn es Schiffbruch gibt, sind die Rettungseinheiten nicht weit."

„Finden Sie das witzig, Leyden?" zischte ihm Gus Orff zu.

Herzog lächelte. „Trotzdem willkommen an Bord. Zwei Dinge muß ich Ihnen vorsichtshalber gleich zu Anfang sagen, damit es keine Mißverständnisse gibt: Erstens wußte ich nicht, daß Staatsmarschall Bull mir Sie Wunderknaben an Bord schickt. Das hat er wohlweislich verschwiegen. Ich hätte sonst meinen Urlaub eingereicht, der überfällig ist. Zweitens: Die Frühstückspause in der wissenschaftlichen Abteilung ist vor einem halben Jahr neu geregelt worden und dauert jetzt nur noch zwanzig Minuten..."

Leyden zuckte mit den Schultern. „Betrifft mich nicht. Ich bin in diesem Fall Order-Geber und kein Mitarbeiter, und deshalb werde ich mich auch an meine gewohnten Zeiten halten."

Und danach dauerte Leydens Frühstück, als Hauptmahlzeit vorgenommen, fünfundvierzig Minuten. In dieser Zeit ließ er sich nicht einmal durch den Großadministrator selbst oder durch das unsterbliche Kollektivwesen ES stören. Er war der Ansicht, daß man alte Gewohnheiten und einen geregelten Tagesablauf nicht umstoßen sollte.

„Dann geben Sie mal Order", verlangte Herzog locker. Seine Offiziere sahen sich bedeutungsvoll an. Mit ihnen pflegte Herzog recht militärisch umzugehen, aber dieser Leyden schien ein alter Freund zu sein! Außer Herzog und Orff kannte ihn keiner in der Zentrale. Ein Großteil der Mannschaft und fast alle Offiziere waren erst vor einem halben Jahr ausgewechselt worden. Herzog hatte es bedauert, sich von seinem eingespielten Team trennen zu müssen, aber die meisten der Leute hatten das Pensionsalter erreicht.

So etwas kam eben vor, und jetzt war er einer der Ältesten an Bord, obgleich er *so* alt auch wieder nicht war.

Tyll Leyden erläuterte die Situation. „Wir werden in einen Stationärorbit gehen und die Stonehenge-Anlage mit einer bestimmten Strahlenmischung abfächern. Die gleiche Strahlenmischung jagen wir in den Raumsektor, in welchem die MOONFLOWER und die beiden Kreuzer verschwanden..."

„Ich steige aus!" sagte Orff kategorisch. „Ich bin kein Selbstmörder! Mit der MOONFLOWER-Sache habe ich nichts am Hut..."

„Gus, sehe ich wie ein Selbstmörder aus?“ fragte Leyden.

Orff konterte: „Die Menschen in den beiden Kreuzern waren auch keine...“

„Aber wir fliegen nicht in den Sektor ein, sondern bestrahlen ihn von draußen.“

„Was bezwecken Sie damit?“

„Vergleiche.“ Damit glaubte Leyden alles gesagt zu haben. Herzog war noch unzufrieden. „Welche Strahlung stellen Sie sich vor? Laserimpulse? Paralyse? Funkwellen? Unsichtbares Licht...?“

Leyden schnipste mit den Fingern.

„Zyargoff“, sagte er. „Ich habe einen Verdacht. Ich möchte ihn bestätigt wissen. Können wir endlich starten? Die SolAb wünscht, daß ich bald Ergebnisse vorlege.“

Oberst Herzog stöhnte auf. Das Tempo, das Leyden anschlug, war ihm verdächtig. So kannte er den Mann gar nicht, der ihm in der Vergangenheit oft genug Alpträume verursacht hatte; dennoch verstanden sie sich gut. „Leyden, wie stellen Sie sich das vor? Die EX-2115 ist ein Kugelraumer und keine Sonne und kann deshalb keine Zyargoff-Strahlung emittieren...“

„Noch nicht“, sagte Leyden. „Wir sorgen dafür, daß sie es kann.“

Gus Orff und Herzog sahen sich an. „Wenn dieser Wunderknabe die EX in eine kleine Sonne verwandeln will, bringe ich ihn persönlich um“, zischte der Chefwissenschaftler.

Tyll Leyden grinste. „Auf gute Zusammenarbeit.“

Die EX-2115 sprang den Himmel an. Mit normaler Beschleunigung brachte Oberst Herzog den Raumer auf Zielkurs in sein Bestimmungsgebiet. Währenddessen nahm Tyll Leyden die wissenschaftliche Abteilung in Beschlag. Gus Orff hörte nur noch zu und schlackerte mit den Ohren, während Leyden zu erklären begann und Frauen und Männer zu Arbeiten einteilte, als hätte er niemals etwas anderes getan.

Und der hatte auf Impos als Teamchef Schwierigkeiten? Das ist doch der geborene Kommando-Typ, wunderte sich Gus Orff im stillen.

Niemand widersprach. Jeder nahm an, daß Tyll Leyden genau wußte, was er tat, wenn auch kaum jemand begriff, was die eine erwartete Tätigkeit mit der anderen zu tun hatte. Schließlich nahm Orff Leyden beiseite.

„Mal im Klartext, Tyll. Wie soll die EX Zyargoff-Strahlen aussenden, und warum ausgerechnet diese Art?"

Leyden atmete tief durch. „Erinnern Sie sich an Asoyths Stern?"

Orff nickte. „Die Sonne, die entartete..."

„Im Bereich ihrer Zyargoff-Komponente", bestätigte Leyden. Er spielte auf jenen Fall an, der noch nicht lange zurücklag. Die Sternkarten aus dem Planetarium der *Oldtimer* brachten ihn damals darauf, weil sie eine *schwarze* Sonne anzeigten, eben Asoyths Stern. Die Frauen und Männer in der EX-2115 hatten einen Verzweiflungskampf geführt, um die Bewohner des Asoythsystems zu retten. Die Zyargoff-Komponente der Sonne veränderte sich und drohte alles menschliche Leben auszulöschen. Später kam es zu einem Übersättigungseffekt mit einem neuerlichen *Umkippen* der Strahlung, und seither war das System wieder bewohnbar.

Daran dachte Orff jetzt, als Leyden von Zyargoff-Strahlung und Asoyths Stern sprach. „Tyll, Sie sind ja verrückt! Mit dieser mörderischen Strahlenart wollen Sie nicht nur einen Fleck im Weltraum, sondern auch die Erde bestrahlen?"

„Nicht mit der *entarteten* Strahlung... mit der originalen."

Vor gut zwanzig Jahren entdeckte der Astrophysiker Zyargoff vorwiegend bei Sonnen vom G-Typ diese Strahlenkomponente. Sie kam nicht bei allen Sternen dieses Typs vor, aber es lohnte sich nicht, deshalb eine Einteilung zwischen strahlenden und nichtstrahlenden Sternen zu treffen. Diese Komponente war in sich eine Konstante und in jeder betroffenen Sonne mit dem gleichen Energiewert vertreten, der aber unbedeutend war. Zyargoff hatte damals behauptet, daß, wenn jede Art von Strahlung eines Sterns einen bestimten Zweck hatte, eben diese Komponente keinen Zweck besaß.

Leyden hatte widersprochen: „Vielleicht hat man diesen Zweck bisher nur noch nicht erkannt."

Die entartete Z-Strahlung jedenfalls hatte letale Wirkung. Das traf für die normale aber nicht zu.

„Warum haben Sie dann nicht Doktor Katrin Calvert mitgebracht?" fragte Orff. „Sie hat doch damals in Sachen Zyargoff-Strahlung mit Ihnen zusammengearbeitet."

„Weil Doktor Calvert in Terrania unabkömmlich ist und ich alle Einzelheiten im Kopf habe. Raten Sie mal, Gus, woran bereits gearbeitet wird?"

Orff wollte nicht raten und winkte ab. „Ich möchte bloß wissen, wie Sie das hinbekommen wollen... und vor allem, wie Sie dann Vergleiche ziehen wollen. Hoffentlich geht nicht wieder mal die Phantasie mit Ihnen durch."

„Wieso wieder mal?"

Damit zog Leyden sich zurück.

Eine halbe Stunde später beschwerte sich der 1. Offizier bei Gus Orff. „Ihre Abteilung beansprucht unsere Großpositronik. Stellen Sie das sofort ab!"

Der Chef der Wissenschaftler fiel aus allen Wolken. „Was haben wir mit Ihrem Denkkasten zu tun?“

Ein Verdacht keimte in ihm. Er fragte bei Leyden nach. Der zuckte mit den Schultern.

„Unsere Leute *müssen* auf den Zentralrechner zurückgreifen. Erstens sind die Positroniken unserer Abteilung bereits überlastet, und zweitens müssen Kurs- und Waffendaten berechnet werden, die...“

Orff fragte sich, wie Leyden es geschafft hatte, den Zentralrechner unter seine Kontrolle zu bringen. Theoretisch gab es keine Möglichkeit. Aber Leyden hatte die Theorie oft genug ausgetrickst.

Der 1. Offizier erschien persönlich und redete mit Engelszungen auf Leyden und Orff ein. Leyden zuckte mit den Schultern. „So nötig wie wir brauchen *Sie* Ihre Positronik im Moment doch nicht, oder wollen Sie ein Linearmanöver durchführen? Nein? Na also.“

Die EX-2115 glich alsbald einem Hexenkessel. Die Maschinenzentrale beschwerte sich beim Kommandanten, der bei Leyden. „Wozu brauchen Sie die Direktleistung von drei Konvertern, die noch dazu in ihren Schaltungen umgepolt werden sollen?“

„Ich brauchte eigentlich fünf Konverter, aber ich hoffe, daß drei reichen, Herzog“, erklärte Leyden ruhig. „Warnen Sie die Jungs von der kleinen Waffenzentrale mal vor, daß ich sie in zwei Stunden auch mit Arbeit eindecke.“

Herzog verlor nun seine sprichwörtliche Ruhe. „Was, zum Teufel, haben Sie eigentlich vor? Wollen Sie mir eigentlich das komplette Schiff unter dem Hintern umbauen?“

„Nur das, was nötig ist...“

Leyden schaltete wieder ab.

Er saß wie eine Spinne im Netz und wartete ab. Die

Vorarbeiten mußten andere nach seinen Angaben machen. Erst, wenn es soweit war, begann seine Tätigkeit.

Er freute sich schon darauf.

4.

Mausbiber Gucky, Letzter der Ilts und mehrfacher Retter des Universums laut eigenen Angaben, brauchte Su Perssons Dienste nicht. Er teleportierte unter Umgehung des Vorzimmers direkt in Bullys Büro.

„Mann, hier stinkt's aber nach Überstunden“, begrüßte er den alten Freund und Kampfgefährten. „Sag mal, wann warst du das letzte Mal in der Heia? Und deinen Bungalow siehst du wohl auch nur noch einmal im Vierteljahr... Ich habe mir deshalb einen Ruck gegeben und deinen Garten unter meine Fittiche genommen.“

„*Was* hast du getan?“ ächzte Bully.

Gucky lehnte sich zurück, stützte sich dabei auf seinen breiten Biberschwanz und stemmte die Fäuste in die Hüften. „Du solltest einem alten Freund einen körper- und schwanzgerechten Sessel und einen Orangensaft anbieten“, piepste er herausfordernd.

„Hier ist Selbstbedienung“, verkündete Bully. „Was hast du mit meinem Garten angestellt?“

„Ich? Angestellt? Ich stelle niemals etwas an!“ empörte sich Gucky. „Ich habe mir nur jede Menge Arbeit gemacht und dein Unkraut entfernt, das schon alles überwucherte... Statt dessen habe ich mir erlaubt, Nutzpflanzen anzulegen.“

Bully legte die Stirn in Dackelfalten.

„Fünf große Karottenbeete“, erklärte Gucky fröhlich. „Eines schöner als das andere. Wenn ich schon deine Arbeit mache, will ich schließlich auch an der Ernte beteiligt sein, und was läge deshalb näher als eine Karottenzucht..."

Bully winkte ab. „Reicht dir dein eigener Garten nicht mehr? Wer hat dir überhaupt erlaubt..."

Gucky zeigte seinen Nagezahn. „Reg dich nicht auf, Alterchen. Reine Freundschaftsdienste sollte man belohnen, nicht beschimpfen. Immerhin wuchs dein Unkraut schon meterhoch..."

Bully schloß die Augen. „Bist du nur gekommen, um mich von deinen heimtückischen Aktionen zu unterrichten?"

„Aber nein, wie kommst du darauf?" wehrte Gucky ab. „Übrigens, deine Idee mit der Selbstbedienung ist nicht schlecht, aber du solltest dann wirklich die Whiskey-Vorräte gegen Karottensaft eintauschen. Dann besuche ich dich hier auch öfter..."

„Nicht ablenken, Gucky. Was willst du?"

„Gastfreundschaft und ein Gläschen Karottensaft", beharrte Gucky. Bully bestellte beim Robotservice. Gukky grinste. Doch schlagartig wurde er ernst. „Allan hat mich angefordert und zur Überwachung angesetzt", erklärte er. „Fellmer ist auch mit von der Partie. Das Verschwinden dieser Tania Craven ist immer noch nicht richtig geklärt. Sag mal, ist dieser Leyden schon im Weltraum?"

Bully nickte.

„Schade... ich hätte ihn gern etwas gefragt. Zum Beispiel, ob diese Tania Craven zu ihm vom *Sternenland* sprach."

„Wie kommst du auf so etwas? Sternenland? Was ist das für eine Gegend?"

„Zu dir hat also auch noch keiner was gesagt", sagte Gucky: „Das ist gut. Weißt du, ich habe vor zwei Stunden einen Gedankenfetzen aufgefangen, der sich um das

Sternenland drehte und mittendrin abriß. Als ich nachhakte, stellte ich fest, daß der Denker spurlos verschwunden war."

„Wie Tania Craven", entfuhr es Bully.

„Und wie diverse andere Leute." Gucky nickte. „Deshalb und weil der Begriff *Sternenland* für uns neu ist, glaube ich, daß es eine Art Schlüsselwort zum Verschwinden sein könnte. Sage mir Bescheid, falls du etwas hörst, ja? Auch ich kann nicht überall zugleich sein..."

Dieses Eingeständnis von Gucky zu hören, zeigte Bully die Größe der Gefahr. Gucky war diese Geschichte auch unheimlich! Und wenn er sich schon heimlich über Arbeit beklagte, mußte es wirklich hart sein.

„Ja, Bully... hast du schon mal versucht, eine Million Menschen zugleich telepathisch zu überwachen?"

Er watschelte auf seinen kurzen Beinen zur Tür. „Wir sehen uns, Bully." Dann teleportierte er sich davon.

Gucky konnte sich wirklich nicht über einen Mangel an Arbeit beklagen. Er nahm seinen Auftrag trotz seiner allgemein flapsigen Art sehr ernst. Aber langsam wurde es ihm zuviel. Es überstieg seine Kräfte, nach einem Gegner zu fahnden, von dem er nichts wußte.

Fast nichts.

Der Begriff *Sternenland* half ihm, eine Menge auszusieben. Sofern er wirklich etwas mit der Sache zu tun hatte. Gucky ließ die SolAb ihre Speicher durchforsten. Aber der Begriff war nicht bekannt. Das erhärtete Guckys Verdacht.

Der Mausbiber teleportierte von hier nach da und sondierte Gedanken. Er wußte, daß Fellmer Lloyd es ähnlich machte, nur konnte der nicht teleportieren, sondern bewegte sich per Gleiter, Robottaxi oder Laufband hin und her. Vorwiegend wurden Menschen überwacht, die im öffentlichen Dienst, vornehmlich in der Administration, beschäftigt waren, dazu ihre umfangreichen Familien.

Gucky begann zu ermüden. Er besaß einfach nicht die körperlichen Reserven, einen Dauerstreß durchzuhalten. Obgleich er ein stärkerer Telepath als Lloyd war, würde er vor diesem kapitulieren und sich ablösen lassen müsen.

Nach Guckys Ansicht war ihre Sucharbeit eigentlich zum Scheitern verurteilt. Sie konnten nur einen winzigen Bruchteil der betroffenen Erde überwachen. Dieser Bruchteil hieß Terrania. Hier waren die Schaltstellen der solaren Macht. Wenn das Verschwinden von Menschen einen Angriff bedeutete, dann war hier der gefährdeteste Punkt der Erde.

Sternenland...

Hatte da nicht gerade jemand daran gedacht?

Gucky wurde aufmerksam und versuchte, sich in die fremden Gedanken einzuschleichen. Er fand den Denker sofort wieder.

Also doch! durchfuhr es den Mausbiber. Wenn es den Begriff *Sternenland* vorher nicht gab, er jetzt aber plötzlich wie aus dem Nichts ein zweites Mal auftauchte, mußte er etwas mit der Sache zu tun haben!

Gucky peilte den Denker an und teleportierte. Vorsichtshalber ging er nicht direkt ins Ziel, sondern „sprang“ nur in die unmittelbare Nähe. Übergangslos fand er sich in einem Straßencafé wieder, das recht gut besucht war. Das paßte ihm gar nicht. Als Ilt war er einfach zu auffällig, und Aufsehen konnte er gerade in diesem Fall nicht brauchen. Sofort verschwand er wieder. Er hoffte, daß niemand auf ihn aufmerksam geworden war – vor allem nicht die Person, auf die es ihm ankam.

Gucky tauchte auf der anderen Straßenseite wieder auf und betrat einen kleinen Laden, in dem allerlei seltsame

Dinge von noch seltsameren Planeten feilgeboten wurden. Gucky interessierte der Plunder nicht. Er erkannte ihn auf den ersten Blick als plumpe Fälschungen – auch die Gedanken des Händlers verrieten es ihm –, und er hatte auf seinen Weltraumreisen genug Gelegenheiten, seltene Andenken aus erster Hand zu erwerben, wenn er das wollte. Dieser Laden war ein plumper Bauernfänger.

Trotzdem heuchelte er Interesse und gab vor, sich umsehen zu wollen. In Wirklichkeit spähte er durch das große Schaufenster hinaus zum Straßencafé gegenüber.

Dort unterhielten sich zwei Menschen über das Sternenland.

Gucky sah sie. Einer wandte ihm den Rücken zu. Den anderen konnte er direkt erkennen.

Der Mausbiber erschauerte leicht. Er war sich nicht völlig sicher, aber es mußte jemand von den Passagieren der MOONFLOWER sein! Gucky wie auch Lloyd hatten die Konterfeis aller an Bord befindlichen Personen betrachten und sich einprägen müssen. Der Mausbiber haßte diese Art der Geheimdienstarbeit, aber es mußte sein. Und vielleicht erwies es sich hier als nützlich...

Jemand wie Tania Craven war hier und sprach vom Sternenland...

Gucky rief nach Fellmer Lloyd. Der Freund und Kollege mußte ihm helfen, den Fremden wirklich zu identifizieren. Und notfalls auch, ihn festzunehmen. Bei allem Selbstbewußtsein war Gucky sich nicht sicher, ob er es allein schaffen konnte. Wer spurlos kommen und gehen konnte, besaß vielleicht auch Mittel und Wege, sich eines Mausbibers zu entziehen.

Fellmer, du mußt sofort herkommen! sendete Gucky und hoffte, daß der Mutant seine Gedanken auffing.

Und dann lauschte er wieder telepathisch und versuchte, die Unterhaltung der beiden anderen mitzubekommen.

Fellmer Loyd fing Guckys Sendung auf. *Ich komme,* gab er zurück und verlangte Peilzeichen. Doch Gucky war zu beschäftigt. Statt dessen gab er den Namen des Straßencafés durch.

Fellmer Lloyd suchte den nächsten öffentlichen Fernsprecher auf. Er rief die Zentrale der SolAb an. Mercant selbst meldete sich.

„Gucky hat eine heiße Spur, Mercant. Ich fliege hin. Vielleicht schicken Sie noch ein paar Beamte, falls es Schwierigkeiten gibt."

„Ich leite alles in die Wege. Wie heißt der Schuppen?"

Lloyd sagte es ihm, bestieg ein Schwebetaxi und raste los. Er hoffte, daß er rechtzeitig kam, bevor die verdächtige Person spurlos verschwinden konnte.

Fünf andere Männer in Zivil machten sich ebenfalls auf den Weg.

„Sternenland", sagte Yul Fan. „Das hört sich vielversprechend an. Erzählen Sie mir doch mehr darüber."

Sein Gegenüber lächelte. „Es ist eine Welt der unbegrenzten Möglichkeiten, könnte man sagen. Was sind Sie hier, Yul? Ein einfacher Arbeiter, mit kleinem Einkommen, das vorn und hinten nicht reicht. Sie sind abhängig von den Launen Ihrer Vorgesetzten. Sie stecken in einem Teufelskreis aus Streß und Arbeit, dem sie nicht entrinnen können."

„Ich könnte auf einen anderen Planeten auswandern", erwähnte Yul Fan.

„Haben Sie das Geld dazu? Die Passage kostet etwas. Das, was Sie hier verkaufen können, reicht bei weitem nicht, um die Passage zu bezahlen und sich auf einer anderen Welt eine neue Existenz aufzubauen. Es sei denn, als Pionier auf einer Welt, die gerade erst erschlossen wird..."

Yul Fan winkte ab. „Dann kann ich auch hierbleiben. Auf einer Pionierwelt habe ich doch noch mehr Streß als hier... Ich will aber damit aufhören können."

Pjotr Landow nickte freundlich. „Sehen Sie. Die Passage ins Sternenland kostet Sie nichts. Ich nehme Sie einfach mit."

„Da ist doch ein Haken dabei", murmelte Yul Fan. „Sie gehen so freigebig mit Ihrer Einladung um... was steckt dahinter? Ist dieses Sternenland etwa auch eine Pionierwelt? Warum trägt es überhaupt diesen Namen?"

„Das ist eine längere Geschichte. Aber eine Pionierwelt ist es nicht. Im Gegenteil. Sie werden alle Annehmlichkeiten finden, auf die Sie warten. Im Sternenland können Sie glücklich sein. Es ist ein Paradies."

„Jedes Paradies hat seine Äpfel und Schlangen", philosophierte Yul. „Wenn es so ein Paradies ist, warum ist es dann nicht schon furchtbar überlaufen?"

„Weil kaum jemand den Weg dorthin kennt. Ich kenne ihn auch erst seit kurzem..."

„Das leuchtet mir zwar nicht ganz ein, aber... Wie wäre es mit einem Besuch auf Probe?"

„Wollte ich Ihnen auch gerade vorschlagen", sagte Pjotr Landow. „Wenn es Ihnen nicht gefällt, können Sie jederzeit zurückkehren. Ich garantiere es Ihnen."

„Dann bleibt nur noch die Frage des Wann und Wie zu klären."

„Wir können theoretisch sofort aufbrechen. Vielleicht haben Sie aber noch Angelegenheiten zu regeln..."

„Ich möchte erst noch zu meiner Wohnung", bekannte Yul Fan. „Koffer packen und so."

„In Ordnung. Ich begleite Sie, und anschließend brechen wir auf, ja?"

Kurz erwachte Mißtrauen in Yul Fan. War das eine ganz neue Tour, Einbrüche und Überfälle zu starten?

Aber er war ja jetzt wachsam und besaß einen Schocker. Damit konnte er diesen Pjotr Landow abwehren. Denn der wußte ja nicht, daß Yul eine Waffe besaß.

Diese Gewißheit beruhigte ihn. „In Ordnung. Gehen wir. Es ist nicht weit.“

Er zahlte für Landow mit, und die beiden jungen Männer erhoben sich. Sie schritten zu einem Laufband am Straßenrand und glitten davon.

Gucky formulierte in Gedanken eine böse Verwünschung. Die beiden entfernten sich, und von Fellmer war noch nichts zu sehen! Der Ilt versuchte, ihn telepathisch zu erreichen, schaffte es aber nicht. Entweder war Fellmer gerade „in Phase“, oder Gucky war schon zu übermüdet. Er hatte ja schon Schwierigkeiten, bei den beiden Beobachteten am Ball zu bleiben. Konzentrationsschwäche setzte ein. In dieser Form hatte Gucky sie selten erlebt. Er war versucht, Wachhaltemittel zu schlucken, aber das würde den Zusammenbruch nur hinauszögern, um ihn dabei noch zu verstärken.

Er brauchte bald eine Ruhepause.

Niemand, der nicht selbst Telepath ist, kann die Leistung ermessen, die der Ilt in den letzten Stunden erbracht hatte.

Er verließ den kleinen Laden wieder. Aus den Gedanken Yul Fans erkannte er, wo dieser wohnte. Angesichts seiner Ermüdung verzichtete Gucky darauf, zu teleportieren, sondern folgte den beiden außerhalb der direkten Sichtweite auf dem Laufband.

Erst ein paar Minuten später landeten ein Gleiter mit fünf Beamten der SolAb und das Schwebetaxi mit Fellmer Lloyd fast gleichzeitig vor dem Straßencafé. Aber da war von den Gesuchten schon nichts mehr zu erkennen.

Fellmer Lloyd verzog das Gesicht. Er begann nach Gucky zu suchen. Schließlich fand er ihn.

Wir kommen, sendete er.

Aber seid vorsichtig, gab der Mausbiber zurück. *Wir müssen sie überraschend erwischen. Sie dürfen keinen Verdacht schöpfen.*

„Wir verteilen uns", sagte Lloyd. „Ganz unauffällig vorgehen. Wir erreichen das Haus von verschiedenen Seiten. Auf geht's."

Es war nicht weit. Yul Fan wohnte in einem Hochhaus mit fünfundzwanzig Stockwerken. Er schob dem Pförtnerrobot seine ID-Karte entgegen, wies Pjotr Landow als seinen Gast aus und konnte mit ihm die Sperre durchqueren. Sie verhinderte, daß Unbefugte das Wohnhaus betraten.

Im Antigrav-Schacht glitten die beiden Männer ins neunzehnte Stockwerk. Yul Fan betrat seine Wohnung. Pjotr Landow wartete freiwillig auf dem Korridor und räumte damit Yuls heimlichen Verdacht aus.

Inzwischen kam Gucky unten an.

Er beschloß, nicht auf Fellmer und die Abwehrbeamten zu warten, und teleportierte sich hinter die Sperre. Als nichtregistrierter Besucher folgte er im Antigrav-Schacht den Verfolgten nach oben.

Augenblicke später tauchten auch die anderen unten auf. Einer der Abwehrbeamten überbrückte die Kontrollsperre mit einem Spezialgerät. Die Männer schlüpften hindurch. „Wohin jetzt?"

„Neunzehnter, glaube ich. So zumindest lautete einer von Guckys Gedankenfetzen."

Yul Fan machte sich inzwischen reisefertig. Das dauerte nicht lange, weil er immer einen kleinen Koffer mit den notwendigsten Dingen gepackt hatte. Er nutzte jede

Gelegenheit, aus dem Gewühl der Millionenstadt auszubrechen und Urlaub im Grünen zu machen. Manchmal luden ihn Freunde ein, manchmal kampierte er auch nur einfach in der Wildnis. Diese ständige Reisebereitschaft kam ihm jetzt zugute. Seine Abwesenheit würde auch nicht auffallen, weil er drei Tage Wochenendfreizeit besaß. Wenn das Sternenland ihm gefiel, konnte er noch einmal zurückkehren, seine Angelegenheiten regeln und dann endgültig verschwinden.

Obwohl... es würde ihm nicht leichtfallen. Irgendwie liebte er die Riesenstadt – trotz aller Nachteile. Er konnte sich noch nicht richtig an den Gedanken gewöhnen, Terrania für immer den Rücken zu kehren. Da mußte das Sternenland doch schon erhebliche Vorteile aufweisen, die ihm diesen Verlust ersetzten. Aber Landows Angebot der Probebesichtigung war fair.

Yul fragte sich, wo in der Galaxis sich dieses Sternenland befand. Es mußte relativ nah sein, leicht und unkompliziert zu erreichen, sonst hätte sich Landow anders benommen, was die Reise anging. Andererseits... Warum hatte man dann bisher noch nie etwas davon gehört?

Lassen wir uns überraschen, dachte Yul, klappte den Koffer zu und sah sich noch einmal um.

Da flog die Wohnungstür auf. Landow stürmte herein.

Yul erschrak. Hatte er sich in dem Mann dennoch getäuscht? Seine Hand mit dem Schocker flog hoch. Das Mündungsfeld glühte fahlblau auf und richtete sich auf Pjotr Landow.

Es war wohl nur Guckys Übermüdung zuzuschreiben, daß er zwei Fehler machte. Der erste war, diese Übermüdung zu unterschätzen und einen Alleingang zu starten. Der zweite Fehler war, nicht mehr zu sondieren, bevor er in der neunzehnten Etage den Liftschacht verließ.

Es gab den großen offenen Zentralschacht, von dem Korridore sternförmig in fünf Richtungen abzweigten. An diesen lagen rechts und links die Wohnungen der Hausbewohner. Jeweils zwischen den Korridoren am Zentralrondell befanden sich dann noch die geschlossenen, mechanischen Lifts – weil es nicht jedermanns Sache ist, sich einem scheinbar bodenlosen Schacht anzuvertrauen. Zudem konnte der auch mal ausfallen, fünf mechanische Lifte zugleich aber nicht.

Gucky tauchte auf und trat aus dem Schacht, anstatt weiterzuschweben. Dabei hätte er wissen müssen, daß Landow auf dem Korridor stand – wenn er ihn weiterhin kontrolliert hätte. Aber er hatte nur das Gehirnstrommuster behalten, nicht aber den genauen Aufenthaltsort.

Zufällig blickte Pjotr Landow in seine Richtung und sah Gucky nicht weiter nach oben schweben, sondern herankommen.

Wer kannte ihn nicht, den Mausbiber? Zumindest das Zeitungsfoto hatte jeder schon einmal irgendwann gesehen, wenngleich es auch etwas anderes ist, ein Foto zu sehen oder einem skurrilen Wesen wie dem Ilt persönlich gegenüberzustehen.

Aber für Landow konnte es keinen Zweifel geben. Dieser biberschwänzige E.T. konnte nur der berühmte Gukky sein. Und daß Gucky nicht hier wohnte, war auch klar. An den Zufall eines Freundschaftsbesuchs glaubte Landow keine Sekunde.

Er warf sich herum, fand Yul Fans Tür unverschlossen und warf sich hinein.

Yul Fan feuerte seinen Schocker ab.

Und draußen merkte Gucky, was lief, und teleportierte blindlings hinter Pjotr Landow her!

Der blaßblaue Lähmstrahl flirrte. Aber er traf Landow nicht. Der Mann warf sich in rasendem Reflex zu Boden. Über ihm materialisierte eine eigenartige, kleine Gestalt mit graubraunem Pelz und Straßenkleidung, quiekte schrill und wedelte entsetzt mit den Armen. Da hüllte der Schockstrahl Gucky bereits ein und fällte ihn zu Boden.

Yul Fan schrie auf und wich zurück. Pjotr Landow rollte sich zur Seite und kam wieder auf die Beine. „Nicht schießen! Sind Sie verrückt?“ schrie er.

„Was – was ist das?“ keuchte Yul und ließ die Mündung des Schockers zwischen Landow und dem paralysierten Gucky hin und her wandern.

„Das ist Leutnant Guck vom Solaren Mutantenkorps“, brummte Pjotr Landow. „Verdammt, was will der hier?“

Er faßte sich schnell. Gucky war hinter *ihm* her, das war klar. Ebenso klar war, daß der Mausbiber kaum allein hier sein würde.

Man war dem Sternenland-Agenten gezielt auf der Spur.

Landow hielt sich nicht mit der Frage auf, wie das möglich war. „Wir müssen verschwinden“, sagte er. „Es ist eine Verwechslung, aber die kann ich nicht rasch genug aufklären. Vertrauen Sie mir. Wir gehen ins Sternenland.“

„Wie?“ keuchte Yul Fan verwirrt.

„So“, sagte Pjotr Landow. Seine Hand berührte die Gürtelschnalle und aktivierte eine Sensorschaltung. Der komplizierte Mechanismus, der sich durch den ganzen Gürtel und einen unter der Jacke verborgenen flachen Rückenträger zog, sprach an.

Blitzschnell baute sich das Feld auf.

Im nächsten Augenblick waren sie im Sternenland.

An der Spitze der SolAb-Beamten stürmte Fellmer Lloyd aus dem Antigrav. Er blickte sich um. Fünf Korridore gab es hier.

„Verteilen..."

Da sah er, daß dies nicht nötig war. Eine Wohnungstür stand offen. Der Telepath sondierte verwirrte und zielsichere Gedanken und von Gucky nur das Gehirnstrommuster. Mit dem Mausbiber mußte etwas geschehen sein...

„Mir nach!" schrie Lloyd und rannte auf die Tür zu. Zwei Beamte überholten ihn. In ihren Fäusten lagen flache, handliche Blaster. Vor Lloyd stürmten sie in das Apartment. Aber da wußte der Orter bereits, daß sie zu spät kamen.

Denn die drei Gehirnstrommuster rissen im gleichen Augenblick ab!

Sie waren fort, wie abgeschnitten!

Lloyd betrat die kleine Wohnung. Sie war leer. Der Mutant unterdrückte eine Verwünschung. Sie half ihm auch nicht weiter. Sie waren zu spät gekommen.

„Um Sekunden", murmelte er. „Vielleicht nur ein, zwei Sekunden zu spät... Warum war Gucky nur so leichtsinnig? Himmel, jetzt ist er auch verschwunden... Wie bringe ich das bloß Mercant und John Marshall bei? Und wie Rhodan...?"

Stumm stand er da und sah in das leere Zimmer. Der verrutschte Teppich verriet, daß sich hier eine kurze Auseinandersetzung abgespielt haben mußte. Aber wer konnte Gucky überrumpeln? Einen Allround-Mutanten wie ihn?

Lloyd begann zu ahnen, daß der Fall noch schlimmer war, als er eigentlich aussah. Der Gegner im dunkeln war zu mächtig.

Und Lloyd stand vor der schweren Aufgabe, das Versagen der Einsatzgruppe und das spurlose Verschwinden des Mausbibers zu melden...

5.

An Bord der EX-2115 hatte das heillose Durcheinander einen vorläufigen Höhepunkt erreicht. Der einzige, der zufrieden war, hieß Tyll Leyden. Er war auch der einzige, der den Überblick besaß.

Das gefiel nicht jedem. Aber Tyll störte sich nicht daran. Unbeeindruckt hielt er seine Frühstückspause ab. In der Zentrale schlug der 1. Offizier die Hände über dem Kopf zusammen. „Himmel, bin ich froh, wenn dieser Knabe wieder von Bord sein wird...“

Wie aufs Stichwort meldete sich Leyden über den Interkom. „Es kann losgehen, Captain“, verriet er. „Die wissenschaftliche Abteilung ist soweit.“

„Warum erfahre ich das nicht vom Leiter dieser Abteilung?“ fauchte der 1. Offizier.

„Mister Orff steht neben mir“, informierte Tyll ihn. „Vielleicht wissen Sie nicht, daß wir zusammenarbeiten...“

„Warten Sie mit Ihrem Versuch“, ordnete der Erste an. „Ich muß den Oberst wecken. Er will in der Zentrale sein, wenn Sie aktiv werden.“

„Um das Schlimmste zu verhüten“, lästerte Gus Orff, als der Erste den Interkom abschaltete. Kopfschüttelnd sah er Leyden an. „Und Sie sind sicher, die Zyargoff-Strahlung mit Ihrem Arrangement künstlich erzeugen zu können?“

Leyden nickte nur. „Ich werd's von der Zentrale aus leiten. Kommen Sie mit? Nein? Dann lassen Sie es eben bleiben.“

Er schlurfte davon und schien wieder im Gehen einzuschlafen. Gus Orff entschloß sich, ihm doch zu folgen, holte ihn aber zu seiner Verblüffung nicht mehr ein. Als er den Leitstand betrat, machte Tyll Leyden es sich gerade in einem freien Sessel gemütlich.

Ein paar Minuten später kam Thomas Herzog.

„Ich muß sofort in den Pilotensessel und die Steuerfunktionen selbst übernehmen, Oberst", verlangte Leyden.

Das war zuviel.

„Abgelehnt, Leyden! Sie haben keine navigatorische Ausbildung..."

Leyden zuckte mit den Schultern. „Auch gut", sagte er. „Ihre Entscheidung, Herzog, aber auch Ihr Problem, das der SolAb und Staatsmarschall Bull klarzumachen. Okay, bauen wir den ganzen Apparatekomplex wieder ab..."

Er erhob sich und schlurfte zum Ausgang wie ein Mann, der eine Schlacht verloren hat und nun müde ist.

Mit offenem Mund blickte Herzog hinter ihm her. Da sah er Orff. „Mister Orff, meint Leyden das im Ernst? Daß er die Steuerung übernehmen will? Warum?"

Orff zuckte mit den Schultern. „Er ist der große Geheimniskrämer. Ich weiß nicht einmal, wie die Zusammenstellung von umgebauten und umgepolten Geräten funktionieren soll. Aber er wird schon seine Gründe haben."

Herzog hob die Brauen. „Aber ich kann ihn nicht an den Pilotentisch lassen. Die Vorschriften..."

Gus Orff schwieg. Er verschränkte nur die Arme vor der Brust.

Herzog brauste auf. „Wollen Sie mit Ihrem verdammten Schweigen Leyden in Schutz nehmen? Der Mann ist ja verrückt!" Von seinem ausgeglichenen Charakter war nicht mehr viel zu spüren.

„Ich nehme Leyden nicht in Schutz, weil mir immer noch nicht klar ist, was er wirklich will."

Oberst Herzog wechselte einen Blick mit dem 1. Offizier. Der Erste versuchte Maus zu spielen und zu verschwinden. Herzog fand ihn trotzdem. „Larkin, was schlagen Sie vor?“

„Sie sind der Kommandant, Sir“, erwiderte Larkin zögernd.

„Mann, wie wollen Sie jemals ein eigenes Kommando übernehmen, wenn Sie sich so in Ihr Schneckenhaus zurückziehen“, grollte Herzog. Er ließ sich in seinem Kommandantensitz nieder und begann zu schalten. Augenblicke später ertönte seine Stimme in jedem Raum des Schiffes aus den Lautsprechern: „Mister Tyll Leyden wird in die Zentrale gebeten!“

„Gebeten? Von Robotern herschleifen lassen würde ich ihn“, murmelte der Erste. Er machte aus seinem Herzen keine Mördergrube und zeigte offen, daß er Leyden nicht mochte.

Tyll Leyden betrat die Zentrale, sah sich um und marschierte zielsicher auf den Pilotensitz zu. Herzog stoppte ihn mit einem Zuruf. „Ich will eine Begründung für Ihr Vorhaben!“

Leyden blieb stehen. Langsam drehte er sich um.

„Aus bestimmten Gründen muß ich mit dem ganzen Schiff zielen, wenn die Strahlung nicht danebengehen soll. Bis ich Ihnen alles erklärt habe, sind zwei Tage herum. Bekomme ich für die Dauer des Experiments das Schiff?“

„Ja!“ zischte Herzog. „Aber wenn Sie's ruinieren, sind Sie hoffentlich gut versichert. Wie viele Milliarden Solar ein Explorer kostet, wissen Sie hoffentlich.“

„Mehrere“, murmelte Leyden wenig beeindruckt, tippte dem Piloten auf die Schulter und forderte ihn auf, seinen Platz zu räumen. Der Physiker und Astronom nahm Platz, streckte die Arme aus und berührte mit den Fingerkuppen Steuerschalter.

Er saß richtig.

Er überflog die Anzeigen der Instrumente und versuchte, sich in die Steuerung hineinzudenken. Mit einem schnellen Handgriff schaltete er die Bordpositronik als unterstützendes Element hinzu.

Da begannen Herzog und der Eins-O zu ahnen, warum Leyden von Anfang an den Hauptrechner beansprucht hatte. So hatte er errechnete Daten aus erster Hand und brauchte nichts zu überspielen!

Auch Gus Orff, der immer noch ahnungslose Chef, pfiff durch die Zähne. Leyden mußte sich alles sehr gut überlegt haben.

Er schaltete plötzlich durch. Mit Minimalenergie sprangen einige Triebwerke im Ringwulst an und änderten die Ruhelage des Kugelraumers. Leyden beobachtete aufmerksam die Instrumente. Er verglich die Realdaten mit der Computersimulation und brachte die EX-2115 in die benötigte, exakte Position. Der Pilot neben ihm staunte und wußte jetzt auch, warum Leyden selbst lenken wollte. Er selbst wäre mit den Daten nicht so rasch klargekommen wie der Mann, der von Anfang an mit ihnen arbeitete.

Kaum merklich änderte die EX-2115 ihren Kurs und brach aus dem Stationärorbit aus, um ein ganz bestimmtes Zielgebiet anzufliegen. Die Geschwindigkeit betrug relativ zur Erde knapp zehntausend km/h Langsam neigte sich die Schiffsebene. Die Neigung ließ sich nur an den Instrumenten ablesen; das künstliche Schwerefeld an Bord blieb unverändert.

Leyden *zielte* mit dem ganzen Schiff!

Er schaltete den Interkom ein. „Feuerleitstand. Programm läuft. Feuer bei null. Fünfzehn... vierzehn...“ Er zählte nur an. Den Rest übernahm die Positronik, die sich in seinen Countdown einschaltete.

„Was hat er vor?“ flüsterte Herzog Orff zu.

„Stonehenge mit Zyargoff-Strahlung bombardieren!“

„Ist er verrückt? Wenn da unten jetzt Menschen sind...“

Da war es soweit.

Im Maschinensaal summten die umgepolten Konverter auf und gaben Energie ab, die durch andere Leitungen lief. Sie wurde mehrfach umgespannt und verformt, bis sie in die Frequenz der Zyargoff-Komponente kam. Und die Waffensteuerung setzte die Strahlantennen ein.

Eine unsichtbare Brücke spannte sich zwischen der EX-2115 und Terra auf. Eine Brücke aus unsichtbarem Licht eigenartiger Zusammensetzung. Leyden atmete tief durch. Seine errechneten Daten stimmten. Die gebündelte Zyargoff-Strahlung lag genau im Ziel. Sie ging nur zwei, drei Meter über den Kreis der Megalithen im südlichen England hinaus. Diese Streuung war unvermeidbar.

„Ortung! Zieldaten sammeln und speichern! Physik! Beobachten, auswerten! Astro-Abteilung! Aufpassen! Experiment läuft! Vergleichsdaten sammeln! Nichts auslassen!“

Leyden schnarrte wie ein Roboter seine Befehle.

„Warum zielen Sie eigentlich mit dem gesamten Schiff? Jede Strahlantenne ist doch für sich lenkbar“, meinte Herzog verwundert.

Tyll Leyden lehnte sich zurück und streckte die Arme von sich.

„Die Waffensteuerungen sind entsprechend umgebaut. Die Antennen dürfen nicht lenkbar sein. Das ganze Schiff liegt unter einem Spannungsfeld, in dem sich nichts verändern darf. Eine Schwenkung auch nur einer Antenne bedeutet den Zusammenbruch, und damit würde die bis dato unschädliche Zyargoff-Strahlung außer Kontrolle geraten.“

„Das heißt also“, sagte der Erste verblüfft, „daß wir die Strahlwaffen im Moment nicht einsetzen können?“

„Nur das Transformkanönchen“, erklärte Leyden. „Wozu auch? Wollen Sie einen Krieg im Solsystem starten?“

„Mann“, flüsterte der Erste mit geballten Fäusten. „Mann, ich könnte Sie totschlagen! Was, wenn wir angegriffen werden?“

„Wir werden aber nicht.“

Leyden widmete sich wieder den Instrumenten. Immer noch flog die EX-2115 mit unveränderter Geschwindigkeit. Das Experiment lief in der siebten Minute.

„Aus“, sagte Leyden.

Er begann wieder zu schalten. Erneut summten Maschinen und drehten die große Kugel in eine andere Position. Der Kurs blieb gleich. Leyden arbeitete mit einem Minimum an Steuerbefehlen und verringerte damit gleichzeitig mögliche Fehlerquoten.

„Achtung, Bestrahlung des MOONFLOWER-Sektors bei Null. Waffensteuerung – auf Fächerstrahlung schalten. Verstanden? Fünfzehn... vierzehn...“

Während die Positronik wieder zählte, kam die Bestätigung aus dem Feuerleitstand. Oberst Herzog stand hinter seinem Kommandopult auf und sah auf Leydens Rükken. Gus Orff war blaß. Mit langsamer Fahrt glitt die EX-2115 dem Gebiet entgegen, in dem die drei Raumschiffe verschwunden waren.

„Null...“

Wieder wurde die Zyargoff-Strahlung abgegeben. Diesmal streute sie weit. Die Ortung und die Spezialgeräte der verschiedenen Abteilungen an Bord sammelten wieder Daten. Aber war da wirklich etwas aufzunehmen? Was würde Leyden machen, wenn sich überhaupt nichts zeigte?

Er erhob sich und nickte dem Piloten zu. „Sie können wieder…“

Im gleichen Moment schrillten die Alarmsirenen durch das Schiff.

Die Bordpositronik schaltete das Experiment rigoros ab. Leyden flog förmlich in den Pilotensitz zurück. Sein ausgestreckter Arm schob den eigentlichen Piloten beiseite. Die Instrumente warfen Rotwerte aus. Leyden sah kurz zum Hauptbildschirm. Aber der zeigte nichts an. Trotzdem gellten die Sirenen.

Gefahr für das Schiff!

Herzogs Ruf: „Leyden, sofort übergeben!“

Tyll Leyden dachte nicht daran. Was der Pilot konnte, konnte er auch: ausweichen! Und ein Platzwechsel kostete wertvolle Sekunden.

Leydens Hände wirbelten über die Steuerschalter. Im Maschinenraum begannen die Konverter und Strombänke zu brüllen wie Urzeitgiganten. Kilometerlange Impulsflammen jagten aus den Abstrahlfeldern der Ringwulsttriebwerke. Leyden gab Gegenschub und ging weit über die 100-Prozent-Marke hinaus. Herzogs Hand preßte den Notschalter nieder. Aber der grüne HÜ-Schirm, der das Schiff schützend umspannen sollte, kam nicht. Er konnte sich nicht aufbauen, weil alle verfügbaren Energien von Triebwerken und Andruckreglern benötigt wurden.

Ein Schrei aus dem Interkom: „Der Ringwulst reißt ab!“

„Er reißt nicht“, schnarrte Leyden. Keine Sekunde lang verlor er die Nerven. Er versuchte, die Steuerschalter noch weiter zu schieben, um noch mehr Leistung zu bringen. Die EX-2115 beschleunigte mit nie erlebten Höchstwerten. Sekundenlang kamen mehrere Gravos durch. Den Piloten fegte es durch die Zentrale bis vor eine Wandverkleidung. Gus Orff konnte sich noch an Herzogs Konsole festhalten, kam aber böse zu Fall und schrie vor Schmerz auf. Dann griffen die Andruckregler wieder ein.

Immer noch heulten die Sirenen.

„Ortung“, schrie Herzog. „Wo bleiben die Daten?“

„Wir erfassen nur den leeren Raum“, schrie jemand verzerrt. „Da ist nichts...“

Aber da war etwas. Es griff mit Macht nach dem Explorer. Die Sekunden wurden zu Ewigkeiten. Die EX-2115 schaffte es nicht mehr. Sie kam nicht mehr weg.

Und von einem Moment zum anderen wurde alles anders.

Die Raumradarstation Luna-Nord und eine zwischen Terra und Mars kreisende Raumstation richteten ihr Augenmerk auf die EX-2115. In beiden Stationen war man begierig zu erfahren, was die Leute im Explorer taten. „Da haben die Eierköpfe sich bestimmt wieder etwas Besonderes ausgedacht“, sagte jemand. „Aber ob es etwas nützt... wo nichts ist, kann auch nichts festgestellt werden! Die ganze Sache kostet nur Geld...“

„Aber jeder Versuch ist es wert, durchgeführt zu werden. Oder möchtest du auch spurlos aus dem Universum verschwinden?“ fragte seine Kollegin.

„Was machen die da? Mit was für Strahlen schießt die EX-2115? Nie gesehen... diese Amplituden... das sind ja verrückte Werte!“

Keiner hatte jemals etwas von Zyargoff und seiner Entdeckung gehört. Davon wußten nur Experten, aber die gab es weder in der Station T-24 noch auf Luna-Nord.

„Wie nahe ist die EX eigentlich an dem MOONFLO-

WER-Sektor? – zwei Lichtminuten? Na, dann kann ja nichts passieren…"

Grob geschätzt, konnte es das wirklich nicht. Die „verbotene Zone" war in ihren Grenzen zwar nicht genau feststellbar, aber man rechnete vorsichtshalber mit maximaler Ausdehnung. Die EX war noch im Sicherheitsbereich.

Und verschwand plötzlich. Die Ortungsstrahlen der Stationen griffen ins Leere.

Man gab Alarm.

Aber das nützte auch nichts. Man wagte nicht einmal, Hilfsschiffe loszuschicken. Die würden ja doch nur verschwinden.

„Meine Güte, wie ist so etwas möglich? Dehnt sich diese verfluchte Zone etwa aus?"

„Dann gute Nacht, Mutter Erde…"

Reginald Bull kam auf seinem Weg an Allan D. Mercants Büro vorbei. Nicht ganz zufällig, denn er hatte sich einen kleinen Umweg erlaubt. Er klopfte an und trat ein, in jeder Hand einen Becher Kaffee. Mercant würde das schwarze Gesöff wohl ebensogut brauchen können wie Bully.

„Au weh…", murmelte der Abwehrchef. „Ich wollte Sie gerade anrufen, Bully. Setzen Sie sich und geben Sie den Kaffee aus der Hand, sonst gibt's Flecken."

„Hiobsbotschaften?"

„So kann man es nennen. Es geht wieder los", sagte Mercant. „Gerade kam die Meldung durch, daß die EX-2115 mit Ihrem Wunderkind Leyden an Bord verschwunden ist. Wie die anderen Schiffe."

Bully schluckte. „Was sagen Sie da?" keuchte er.

Mercant schwieg. Er wußte, daß Bully ihn verstanden hatte.

„Oh, Himmel“, flüsterte Bully. „Das darf nicht wahr sein. Was jetzt?“

„Weitermachen wie bisher“, empfahl Mercant. „Setzen Sie andere Experten auf den Fall an. Ich muß ja auch irgendwie weitermachen.“

Bully witterte Unrat. „Ist bei Ihnen etwa auch etwas passiert?“

Mercant beichtete Guckys Verschwinden.

Bully wurde totenbleich. So oft er sich auch mit Gucky stritt, waren er und der Mausbiber doch die besten Freunde. Jetzt folgte seiner Blässe Zornesröte. „Und?“ bellte er. „Hat man die Bude untersucht? Fiktivtransmitter? Dimensionsblasen? Weiß der Himmel was, aber es muß doch etwas festzustellen sein!“

„Ist aber nicht. Wir haben das Apartment auf den Kopf gestellt. Nichts zu bemerken. Außerdem... Fiktivtransmitter gibt's ja schon lange nicht mehr...“

„Vielleicht doch wieder! Könnte ja sein, daß unsere speziellen Freunde aus dem Blauen System eine neue Erfindung gemacht haben.“

Mercant zuckte mit den Schultern. „Was glauben Sie, wie ich unsere Agenten überall in der Milchstraße schon auf Trab gebracht habe? Wenn es irgendwo jemanden gibt, der einen Großangriff auf die Erde startet, finden wir ihn. Aber zunächst müssen wir sehen, dieses Verschwinden zu stoppen. Wenn wir davon ausgehen, daß sich die Zone im erdnahen Raum ausgedehnt hat, so daß sie die EX-2115 schlucken konnte, und sich weiter so ausdehnt, dann berührt sie in spätestens fünf Tagen die Erdatmosphäre. Ist Ihnen klar, was das bedeutet, Bully?“

Der Rothaarige nickte. „Perry muß die Erde evakuieren lassen. Aber das geht nicht in fünf Tagen, das geht auch nicht in fünfzig Tagen. Verdammt, was kommt da bloß auf uns zu? Allan, ich habe Angst. Furchtbare Angst."

„Als die Posbis die Galaxis angriffen", sagte Mercant langsam, „wurden auch Planeten evakuiert. Ganze Systeme. Und das ging sehr schnell. Schneller als ein Fünf-Tage-Spielraum."

„Aber wie viele Intelligenzen dabei trotzdem draufgingen, weil sie die rettenden Schiffe nicht mehr erreichten, weiß bis heute niemand zu sagen. Es müssen Millionen pro System sein! Millionen, von denen niemand etwas wußte und weiß... Sicher, die Mehrzahl konnte gerettet werden. Aber keiner dieser Planeten war so bevölkert wie die Erde, und nirgendwo ist die Dunkelziffer der Nichtregistrierten so hoch wie auf Terra! Allan, ich glaube nicht, ich weiß, daß es mindestens eine Million Intelligenzen auf der Erde gibt, die nicht registriert sind und von einem Planetenalarm nicht erfaßt werden. Wir..."

„Wir müssen diese Million eben notfalls opfern", sagte Mercant seltsam ruhig.

Bully lief es kalt über den Rücken.

„Glauben Sie, mir fällt es leicht, das zu verlangen?" schrie Mercant auf.

Bully atmete tief durch. „Ich weiß", sagte er leise. „Aber trotzdem können wir nicht evakuieren. Wenn es schnell gehen soll, kommt es zu einer Panik mit Mord und Totschlag. Wenn wir's langsam angehen lassen, nimmt sich jeder Zeit, um auch seinen unbedeutendsten Klunkerkram zu retten. Es gibt Volksaufstände, wenn der Zivilisationsmüll zurückgelassen werden muß, der Frachtkapazität wegen, und dieser Müll stapelt sich dann auf den Häfen. Außerdem: Wohin mit den Milliarden Menschen? Welcher Planet nimmt sie auf? Es kriselt doch überall! Und die wenigsten Kolonialwelten können einen zusätzlichen Menschenschub, der in die Hunderttausende geht, verkraften."

Mercant nickte nur.

„Mit einem Wort", sagte Bully, „wir sind erledigt. Vorausgesetzt, die Zone dehnt sich wirklich aus und wir schaffen es in den fünf Tagen nicht, diese Erscheinung zu stoppen. Wir können nur einen Teil der irdischen Menschheit retten.

Aber wer wird die Auswahl treffen?"

Er atmete schwer.

Mercant preßte die Lippen zusammen.

„NATHAN", flüsterte er. „Die Großpositronik auf Luna."

„Wissen Sie, was ich möchte, Allan?" Bullys Hand glitt zur Brust, wo der hühnereigroße Lebensspender unter dem Hemd lag. „Diesen verdammten Zellaktivator einfach wegwerfen, alle Verantwortung abgeben und mich irgendwo verkriechen. Aber ich kann es nicht. Nicht, weil ich ewig leben will, sondern weil ein paar Milliarden Menschen Leuten wie Perry, Ihnen oder mir vertrauen."

Er machte eine kurze Pause und fuhr dann fort: „Und mindestens die Hälfte dieser Leute werden wir umbringen, weil wir sie nicht in die Schiffe lassen können."

„Wir schalten Perry ein. Er muß entscheiden. Bis der Regierungsapparat sich aufgerafft hat, zu einem Entschluß zu kommen, vergeht ein halbes Jahr. Perry muß die Notstandsregelung beanspruchen und..."

Bully stützte sich mit beiden Fäusten auf Mercants Schreibtisch.

„Ich werde Perry empfehlen, daß er *nicht* evakuieren läßt", sagte er.

6.

Yul Fan sah sich um. Sein Unterkiefer klappte herunter. Sprachlos unterzog er die Umgebung einer eingehenden Musterung. Er war wie gelähmt.

Die Luft war frisch und würzig, kein Vergleich mit der leicht dunstigen Glocke, die sich über Terrania ausbreitete und trotz aller Schutzmaßnahmen zu bestimmten Zeiten das Atmen erschwerte. Ein eigenartiges Dämmerlicht lag über der Szene. Der Himmel war voller Sterne, und sie schienen näher und größer zu sein als am Sternenhimmel Terras, auch ihre Verteilung war ganz anders. Von einem Mond war nichts zu sehen.

Pjotr Landow schien Yuls Gedanken zu ahnen. „Der Mond befindet sich auf der anderen Seite des Planeten", sagte er. „Es ist Nacht. Hier im Sternenland scheint der Mond am Tag, weil wir keine Sonne haben."

Yul Fan stutzte. „Wie kann der Mond dann leuchten?" fragte er. „Wenn er kein Sonnenlicht reflektieren..."

„Er reflektiert unsichtbares Licht", erklärte Pjotr Landow geduldig. „Wenn Sie eine Phosphorscheibe mit Infrarot- oder UV-Licht bestrahlen, können Sie selbst dieses Licht auch nicht sehen, die Scheibe aber leuchtet auf."

„Verstehe", murmelte Yul Fan. Er ging in die Hocke und strich durch die weichen Gräser. Die beiden Männer befanden sich auf einer riesigen Wiese, die von Blumen übersät war. Blumen, wie sie Yul Fan bislang noch nie gesehen hatte. Irgendwo in der Nähe plätscherte ein Bach, und als Yul in die Ferne sah, erkannte er die schillernde Fläche eines großen Sees, dahinter Wald und ganz weit am Horizont einen Bergzug.

„Das also ist das Sternenland?"

„Ein Teil davon. Es ist zwar nur ein kleiner Planet, aber trotzdem groß genug..."

„Und wie sind wir hierhergekommen?“

„Mein kleines Geheimnis. Sie werden es zur rechten Zeit erfahren. Aber seien Sie unbesorgt. Wenn Sie wollen, bringe ich Sie sofort zurück, doch dann haben Sie nicht mehr die Chance, das Sternenland näher kennenzulernen.“

Yul Fan interessierte etwas anderes. Er warf einen Blick auf seinen Zeitgeber. Die Datumsanzeige stimmte. Er war also beim Transport hierher nicht etwa tagelang ohne Besinnung gewesen, sondern der Übergang mußte sich wohl ohne Zeitverlust abgespielt haben.

Es war beeindruckend und bestürzend.

„Dies ist eine andere Dimension, ja?“ murmelte er.

„Man kann es so nennen“, erwiderte Landow.

Es war ziemlich warm. Sommerliche Temperaturen, wie Yul registrierte. Sommerliche Tagestemperaturen.

Da sah er Gucky.

Er erschrak. „Was ist das denn?“

„Oh“, murmelte Landow. „Der Mausbiber, den Sie so großzügig paralysiert haben. Ich konnte nicht verhindern, daß das Feld auch ihn umfaßte und mitnahm.“

Da merkte Yul Fan, daß er immer noch seinen Schokker in der Hand hielt. Der kleine Koffer war statt dessen in seiner Wohnung zurückgeblieben. Erregt machte er Landow darauf aufmerksam.

„Sie werden hier alles finden, was Sie benötigen.“ Landow lächelte.

Yul steckte die Waffe gesichert ein und trat neben Gucky. „Was machen wir jetzt mit ihm?“ fragte er. „Wir können ihn doch nicht einfach hier liegenlassen. Außerdem... er ist Staatsbeamter, und wir...“

„Ich denke, daß ihm nichts geschehen wird“, sagte Landow. „Dafür verbürge ich mich. Man wird sich um Gucky kümmern und ihn versorgen.“

„Und ihn zurück zur Erde bringen?"

„Wenn er das will – sicher", räumte Landow ein. Er zog ein kleines Funkgerät aus der Gürtelhalterung, schaltete es ein und sprach einige schnelle Kodeworte. „Ich habe zwei Gleiter und Roboter angefordert", erklärte er. „Man wird Gucky ins medizinische Zentrum bringen, um ihn von seinem Schockzustand zu befreien. Und für Sie gibt es ein wunderschönes Quartier, von dem aus Sie Ihre Kennenlern-Ausflüge machen können."

„Ich weiß nicht, ob ich Ihnen trauen kann, Landow", sagte Yul. „Irgendwie gefällt mir das alles nicht."

„Bitte, wenn Sie zurück möchten..."

Yul überlegte, dann schüttelte er den Kopf. „Warten wir es erst einmal ab."

Wenig später erschienen die beiden Gleiter. Sie besaßen eine glatte, augenfreundliche Formgebung und waren mit nie gesehenen Schriftzeichen bemalt.

Bevor Yul einstieg, sah er noch einen hellen Streifen am Nachthimmel entlangziehen, wie von einem Kometen. Aber er dachte sich nichts dabei.

Das erste, was Gucky bei seinem Erwachen sah, war ein menschliches Gesicht. Der Mann trug eine glatte, weiße Kombination mit dem Äskulap-Symbol auf der rechten Brustseite.

„Hallo, Leutnant Guck", sagte er. „So redet man Sie doch an, nicht wahr?"

Gucky hob den Kopf. Blitzschnell drang er mit seinen telepathischen Kräften in die Gedankenwelt des Mannes ein und erkannte, daß er kein Gangster war.

Sondern der Bordarzt der MOONFLOWER.

„Wir haben Ihren Schockzustand gelöst, Leutnant", sagte der Arzt, der seinem Gedankeninhalt nach Andre Lanier hieß. Gucky stutzte. Er verspürte keine Schmerzen, fühlte sich im Gegenteil sehr erfrischt. Aber das konnte nicht sein. Sowohl beim terranischen als auch beim arkonidischen Verfahren war das beschleunigte Lösen der Lähmung mit geradezu tierischen Schmerzen verbunden. Aber der junge Arzt log nicht!

„Wie hast du das gemacht?" piepste Gucky und setzte sich auf.

„Wir haben hier ein neues Verfahren", sagte Lanier und wies auf einen seltsamen, kugelförmigen Apparat mit langen Antennen. „Wie ich sehe, sind Sie wohlauf, das Verfahren dürfte also besser sein als das unsere."

„Was ist das?" wollte Gucky wissen.

„Sternenland-Technik..."

Gucky blickte sich um. Er befand sich eindeutig in einem Klinik-Raum. Aber die Geräte, die hier standen, waren ihm fremd. „Erkläre dich", forderte er. Gleichzeitig begann er, in den Gedanken des Arztes zu lesen.

Er befand sich also auf dem Planeten, der Sternenland genannt wurde, und man half ihm hier, nachdem er auf Terra in die Falle ging. Eine Falle, die aber eigentlich gar keine Falle war. Gucky verstand das nicht. Er fand aber auch in den Gedanken Andre Laniers keine Erklärung.

„Sicher", sagte der Arzt. „Wir schicken Leute aus, die andere Menschen anwerben sollen, und es kommen auch immer wieder welche. Wie das aber alles vor sich geht, weiß ich nicht. Ich habe ja genug zu tun, die Funktion dieser Medo-Zentrale zu studieren."

„Und wo im Sternenland befinden wir uns hier?"

„Es ist eine kleine verlassene Stadt im Grünen, die wir neu zu besiedeln anfangen. Sehen Sie sich ruhig um, Leutnant. Wenn Sie nach Terra zurück wollen, wird man Sie zurückbringen. Ansonsten haben Sie völlige Bewegungsfreiheit."

„Du darfst mich duzen und Gucky nennen", entschied

der Mausbiber großzügig. „Na, wenn ich schon mal hier bin, kann ich mir dieses Sternenland ja ansehen. Gibt's hier auch einen ortskundigen Fremdenführer?"

Lanier zuckte mit den Schultern. „Da bin ich überfragt. Am besten gehst du zu Sir Karolus. Er wohnt, wenn du die Medozentrale verläßt, rechts die angedeutete Straße entlang im fünften Bungalow."

„Hoffentlich hat er Karottensaft in der Hausbar", meinte der Mausbiber. „Dann zeige mir mal den Weg nach draußen. Bin gespannt, wer dieser Sir Karolus ist."

Sir Karolus erwies sich trotz seines antiken Namens als ein hochgeschossener junger Mann mit kurzem, blondem Haar. Er wirkte steif wie ein Brite, der einen Ladestock verschluckt hat. Ebenso steif britisch war seine Kleidung. Trotz der sommerlichen Wärme trug er einen altväterlichen Westenanzug.

„Hallo, Gucky", begrüßte er den Mausbiber. „Komm 'rein. Was möchtest du? Karottensaft? Tee? Wein...?"

„Karottensaft", sagte der Ilt.

Gucky leistete sich einen raschen Einblick in die Gedankenwelt seines Gegenübers und stellte fest, daß, wie auch der Bordarzt der MOONFLOWER, dieser Sir Karolus alles andere als ein Gangster war, der Menschen von der Erde entführte, um sie ins Sternenland zu locken. Im Gegenteil. Aber warum dann diese Machenschaften einiger Leute? Und wie war die MOONFLOWER überhaupt hierhergelangt? Wie kam die Verbindung zwischen Sternenland und Erde zustande?

Seinem Gedankeninhalt nach wußte Sir Karolus nichts darüber. Und Gucky verzichtete auch noch darauf, mit einer Frage eventuelles unterbewußtes Wissen zu wecken. Er wollte erst einmal abwarten. Vielleicht fügten sich die einzelnen Teile dieses Puzzles auch von selbst aneinander.

„Doktor Lanier hat dich mir als Fremdenführer empfohlen“, sagte der Mausbiber.

Sir Karolus lächelte. „In Ordnung. Wenn du ausgetrunken hast, zeige ich dir die Stadt und die nähere Umgebung. Das Sternenland ist schön. Ich möchte fast wetten, daß du anschließend nicht mehr von hier fort willst.“

Massensuggestion? durchfuhr es den Ilt. War hier Hypnose im Spiel, die den Menschen eine Wunderwelt zeigte und sie die Schönheiten der Erde vergessen ließ?

Er beschloß, sehr wachsam zu sein. Als Telepath war er zwar gegen Hypnose weitestgehend unempfänglich, aber man konnte nie wissen. Wer mit einer solchen Technik spielte, wie Gucky sie hier vorgeführt bekam, der mochte auch noch ein bißchen mehr können.

Der Mausbiber sah sich in dem Haus um, das Karolus bewohnte. Es war ein ovaler Bau, der sich harmonisch in die Landschaft einfügte. Die Wände waren zum Teil umrankt von seltsamen Pflanzengebilden. Kein Haus, das Gucky auf seinem Weg hierher gesehen hatte, glich völlig dem anderen. Einige waren größer, andere kleiner, aber jedes besaß eine ganz eigene Gestaltung. Zudem schien man mit Platz nicht gespart zu haben. Die Bauten waren recht gut verteilt. Zwischen ihnen gab es so etwas wie Straßen, die aber nicht befestigt waren, wie Gucky es von anderen Welten her kannte. Nur jeweils eine fußbreite Metallschiene zog sich wie eine Markierungslinie dort entlang, wo Wege waren. Vielleicht Impulsschienen für den Gleiterverkehr.

Sir Karolus' Haus sah von außen klein aus, was jedoch das Innere anbelangte, glich es eher einem kleinen Palast mit großzügigen, pastellfarbenen Räumen. Die Einrichtung war geschmackvoll, aber fremd. Kein einziges Teil der Einrichtung war jemals von Menschenhand geformt worden. Türen öffneten sich nicht, sondern lösten sich bei Annäherung einfach auf.

„Wie seid ihr eigentlich hierhergekommen?“ fragte der Mausbiber, als sie ein wenig später ins Freie traten. Prachtvoll glänzte der dichte Sternenhimmel im Dämmerlicht, und am Horizont wurde es ein wenig heller. Der Mond ging auf, der Tag begann. „Wußtet ihr schon vorher vom Sternenland und habt die MOONFLOWER gezielt hierhergelenkt?“

Karolus schüttelte den Kopf. „Wir waren plötzlich hier, in diesem Universum“, sagte er. „Da uns alles fremd war und dieser Planet sehr eigenartig wirkte, ohne Sonne und nur von einem riesigen Mond begleitet, beschloß der Kapitän, zunächst einmal zu landen. Wir fanden ein paar vergessene Städte und nahmen eine davon in Besitz.“

„Vergessene Städte?“

Karolus nickte. „Die Zivilisation, die das alles hier einst erbaute, existiert scheinbar nicht mehr. Ein paar Leute haben mit Gleitern den ganzen Planeten umrundet. Aber nirgends gibt es Zeichen von Leben.“

„Auch kein tierisches Leben“, sagte Gucky.

Sir Karolus sah ihn betroffen an. „Stimmt“, brachte er hervor. „Dabei ist mir das noch gar nicht so kraß aufgefallen. Aber du hast recht. Keine summenden und stechenden Insekten, kein Karnickel, das über die Wiese hoppelt, kein Tyrannosaurus, der in den Sümpfen brüllt...“

„Mann, jetzt werde nur nicht poetisch“, wehrte Gucky ab. „Mit diesem Planeten stimmt doch etwas nicht. Warum wurde er verlassen? Oder besser: Warum starben seine Bewohner und mit ihnen auch alles tierische Leben aus? Hat man schon irgendein Stadtarchiv gefunden oder so etwas Ähnliches?“

„Nein“, sagte Karolus. „Ich wüßte davon. Ich bin Historiker, und Archive waren das erste, wonach ich mich umsah. Nichts dergleichen, nur die Bauwerke an sich, und die Verkehrsmittel."

„Und Roboter", murmelte Gucky, weil er eine der Maschinenkonstruktionen in weiter Ferne erkannte. Aber das war wohl ein terranischer Robot.

Karolus bestätigte seine Gedanken. „Die Roboter sind die, die wir an Bord hatten – und die in den beiden Kreuzern waren, die nach uns kamen."

„Habt ihr kein Interesse daran, das Sternenland wieder zu verlassen?" fragte Gucky. „Ich meine – ihr könnt es doch, oder? Einige von euch tauchen doch auf Terra auf... der Bursche, der mich entführte, und eine Frau namens Tania Craven."

„Ach, Tania auch?" staunte Karolus. „Interessant. Nun, mich selbst reizt es, das Geheimnis der verschwundenen Erbauerrasse zu enträtseln. Anderen gefällt einfach die himmlische Ruhe und Harmonie dieser Welt. Es ist für alles gesorgt. Verpflegung erfolgt durch die noch funktionierenden Einrichtungen der Stadt, aber einige von uns sind schon dabei, Felder anzulegen."

„Vernünftig, falls diese Verpflegung einmal ausfällt..."

Sir Karolus nickte und lächelte fein. „Vielleicht richten wir auch eine Karottenplantage ein...?"

Gucky zuckte in einer menschlichen Geste mit den Schultern. „Man wird sehen."

Er machte sich so seine Gedanken über die „himmlische Ruhe und Harmonie". Der Mensch war nicht für Ruhe und Harmonie geschaffen. Die Sternenland-Siedler würden das alles bald langweilig finden – oder, wenn sie immer mehr wurden, die typisch-menschliche Krankheit entwickeln und einen Verein gründen, der sich dann Verwaltung oder Regierung schimpfte. Und damit würde der Ärger anfangen. Gucky entblößte seinen Nagezahn und grinste. Wenn es die Rasse der Ilts noch gäbe – sie würde sich hier auch ohne Verwaltung oder Regierung wohl fühlen. Aber nicht die Menschen.

Der Mausbiber fragte sich, wo die Raumschiffe standen. Und noch mehr fragte er sich, warum nicht wenigstens die Kommandanten der beiden Städte-Kreuzer soviel Verantwortungsgefühl aufbrachten, eine Rückkehr zur Erde zu versuchen. Dort ängstigte Bully sich zu Tode, wurde die Abwehr und vielleicht inzwischen die gesamte Menschheit in Panik versetzt... Wozu? Im Grunde brauchte doch bloß jemand zurückzukehren und die Administration zu informieren.

Oder war das vielleicht alles gar nicht so einfach?

Er fragte Karolus danach.

Der junge Mann zuckte mit den Schultern. „Ich bin nicht sicher, ob das gut wäre", sagte er. „Denn dann würde eine Flut von Menschen über das Sternenland hereinbrechen – Terra würde Wissenschaftler schikken, die diesen ganzen Planeten förmlich auseinandernähmen. Und es würden mit Sicherheit viele Menschen darunter sein, die wir hier nicht haben möchten. Die einfach nicht zu uns paßten. So aber können wir sie uns aussuchen."

„Deshalb also die Agenten", stieß Gucky hervor. „Du widersprichst dir aber. Vorhin tatest du so, als wüßtest du nichts davon."

„Ich weiß wohl, daß es Agenten gibt", rechtfertigte sich Sir Karolus, „aber nicht, wer zu ihnen gehört. Aber sie wählen aus, wer zu uns darf und wer nicht. Ich finde, daß das so richtig ist."

„Und wer", fragte Gucky, „hat das beschlossen?"

Sir Karolus sah ihn an. „Niemand", sagte er. „Es ist einfach so."

Der Mond war beeindruckend. Als gigantischer weißer Fleck schob er sich über den Horizont und stieg am Sternenhimmel auf. Deutlich waren Einzelheiten seiner Oberfläche zu erkennen. Seine Helligkeit war unterschiedlich, so als phosphoreszierten einige Gegenden weniger stark als andere. Entweder, fand Gucky, stand er sehr nah am Sternenland – höchstens halb so weit entfernt wie Luna von Terra –, oder er war wirklich *groß*. Dabei rühmte sich doch gerade die Erde unter nahezu allen Planeten der Galaxis, den größten Mond im Verhältnis zum Planetendurchmesser zu haben.

Dieser alte Bursche hier wirkte erdrückend mächtig.

„Der ist aber auch nix für Liebespaare", murmelte Gucky. „Da fühlt man sich ja direkt beobachtet, wenn man mit seiner Angebeteten im Arm auf der Parkbank in einem lauschigen Winkel sitzt..."

„Häh?" machte Sir Karolus verblüfft. „Flippst du aus, größter aller Mausbiber?"

Gucky schüttelte den Kopf. Er watschelte auf seinen kurzen Beinen langsam weiter, eine Fortbewegungsart, die ihm normalerweise Mühe bereitete. Aber er hielt es aus. Irgendwie mußte ihn das Aufweckverfahren gleichzeitig so erfrischt haben, daß er sich zum Bäumeausreißen fühlte.

Er wollte Eindrücke sammeln.

„Wie groß ist diese Stadt eigentlich?" fragte er.

„Ungefähr tausend Häuser", sagte Sir Karolus. Gucky entblößte den Nagezahn. Das war eigentlich noch ein Dorf.

„Ich möchte ein wenig von der Umgebung sehen", sagte der Mausbiber. „Wie wäre es, wenn du einen Gleiter besorgtest? Und vielleicht ist es auch möglich, den Raumschiffen einen Besuch abzustatten."

„Sie sind leer", sagte Sir Karolus.

„Um so besser. Dann macht keiner dumme Bemerkungen“, meinte der Ilt. „Nun mach schon, oder soll ich mir hier die Beine in den Bauch stehen?“

Karolus betrachtete ihn kritisch. „Bei deren Länge dauert das nicht sonderlich lang“, sagte er. „Ich werde mich also beeilen.“

Gucky holte tief Luft. Aber bevor er eine seiner spektakulären Aktionen starten konnte, hielt Karolus ein kleines Gerät in der Hand und sprach etwas hinein. Augenblicke später jagte ein seltsames Flugobjekt in einem wahren Irrsinnstempo heran. Die vorausstürmende Druckluftwelle wirbelte Gucky in Karolus' Arme.

„So schnell mußte es auch wieder nicht sein“, protestierte Gucky.

„Dir kann man auch nichts recht machen! Willst du nicht einsteigen?“

Der Gleiter war tropfenförmig gestaltet und mit fremden Schriftzeichen versehen. Vor Gucky löste sich ein Stück der Verkleidung auf und entpuppte sich als Durchgang. Sie bestiegen die Maschine. Sir Karolus nahm in einem der vorderen Sessel Platz. Gucky ließ sich neben ihm nieder. Er studierte die Steuerkonsole. Die einzelnen Tasten und Hebel waren nicht beschriftet, aber wenn man logisch dachte, war es klar, wie sie benutzt werden mußten. Die Erbauer des Gleiters dachten logisch.

Karolus spielte Pilot.

„Zu den Raumschiffen“, verlangte Gucky.

Der Gleiter der fremden Technik nahm lautlos und erschütterungsfrei Fahrt auf und jagte dorthin davon, wo nach Guckys Körpergefühl Süden sein mußte.

7.

Die EX-2115 trieb in einem fremden Universum. Die Alarmsirenen gellten längst nicht mehr. Tyll Leyden gab den Pilotensitz frei, nachdem die prekäre Situation vorbei war. Was geschehen konnte, war geschehen; die Lage hatte sich entspannt.

Wenn man einmal davon absah, daß sie sich in einem unbekannten Raum befanden.

„Sie Narr", keuchte der Pilot. „Wenn Sie nicht..."

Oberst Herzog glitt aus seinem Kommandantensitz und eilte nach vorn. „Schon gut, Maddox", sagte er. „Sie hätten es auch nicht besser gemacht. Nun, Leyden, was sagen Sie dazu?" Er wies auf den großen Panoramaschirm, der das unbekannte Weltall wiedergab.

Ein Sternenmeer in einer Verteilung der Konstellationen, wie sie dem Auge fremd waren.

„Das ist nicht mehr unsere Galaxis", sagte Leyden rauh. „Ich fürchte, jetzt werde ich den Rest der Arbeit doch allein machen müssen, weil Sie die Astro-Abteilung für die genaueren Analysen unserer stellaren Umgebung heranziehen werden."

„Wie recht Sie doch haben, Leyden", sagte Herzog fast bitter. „Sie wollen wirklich anfangen und...?"

„Dazu bin ich doch an Bord gekommen", sagte Leyden. „Hoffentlich reichen die Ergebnisse der zweiten Bestrahlung zu einem Vergleich aus..."

„Was wollen Sie damit eigentlich beweisen, und wie wollen Sie eine Strahlung vergleichen..."

„Nicht die, sondern das, was sie ausgelöst hat", wehrte Leyden ab und schritt zum Zentralschott, um den Leitstand der EX-2115 zu verlassen. Da brüllte der Erste Offizier auf.

„Leyden – Leyden, haben etwa Sie mit Ihren Zyargoff-Strahlen diese Falle ausgelöst? Sind wir durch Ihre Schuld, durch Ihr verdammtes Experiment in dieses andere Weltall geraten?“

Im Schott drehte Leyden sich um. „Das möchte ich nebenbei auch überprüfen“, sagte er und ging.

Der Erste Offizier sprang zu seinem Platz. „Ich lasse diesen Irren verhaften und einsperren, bevor er noch mehr Unheil anrichtet“, keuchte er und drückte die Interkom-Taste. Da war Herzog neben ihm und schlug ihm die Hand weg.

„Beherrschen Sie sich. Ich kenne Leyden. Und wenn uns einer hier wieder herausholen kann, dann ist er es!“

Gus Orff war auch noch da. Er räusperte sich. „Wir sollten erst einmal feststellen, in welchen Konstanten sich dieses Kontinuum von unserem unterscheidet und die Daten analysieren, die während unseres Übergangs aufgenommen wurden. Zudem sollten wir erforschen, ob sich die anderen verschwundenen Raumer auch in diesem Kontinuum befinden oder ob dieses Loch im Raum willkürlich in verschiedene Dimensionen abstrahlt.“

„Um Himmels willen“, murmelte Herzog. „Meinen Sie das im Ernst? Wie kommen Sie zu diesem Verdacht?“

„Leyden brachte mich darauf“, gestand Orff. „Er machte vor ein paar Stunden so eine Andeutung.“

Herzog winkte ab und ging wieder zu seinem Platz. „Ortung! Raumtastung. Astrolab: Raumstruktur und Sternphänomene ausforschen. Funk: Sendersuche auf allen bekannten Frequenzen! Selbst Funkstille halten. Wer weiß, wer uns sonst auf den Hals kommt...“

Ein paar Minuten später schaltete die Ortung durch. „Kommandant, in einer Distanz von fünf Lichtstunden befindet sich eine Planet-Mond-Konstellation ohne Sonne. Wir nehmen Wärmestrahlung auf.“

Herzog nahm die Meldung ruhig entgegen. „Orff soll

sich darum kümmern. Ich will wissen, ob wir diesen Planeten als Operationsbasis benutzen können."

Tyll Leyden nahm die Entdeckung des Planeten schulterzuckend zur Kenntnis. „Na, Gus, dann viel Vergnügen. Versuchen Sie es mal mit Faltons Theorie..."

Orff knurrte.

Auch er hatte einst zu den Wissenschaftlern gehört, die vor Jahren Tyll Leyden auslachten, als dieser sich ernsthaft mit den Theorien und Rechnungssystemen des Arkoniden Falton befaßte. Falton hatte vor achttausend Jahren herausgefunden, wie man über Lichtjahrdistanzen mit spielerischer Leichtigkeit ausrechnen konnte, wie viele Planeten eine Sonne besaß, auf welchen Umlaufbahnen sich diese befanden und welche Schwerkraft und atmosphärische Dichte auf ihnen herrschten, zudem, ob sie sich in der Biozone befanden, also Leben hervorgebracht haben konnten. Die Theorie war in Vergessenheit geraten. Leyden hatte sie wiederentdeckt und durchgesetzt. Die Trefferquote lag bei über 99%. Trotzdem war den meisten Astronomen Faltons Rechnung noch suspekt.

„Sie vergessen, daß der Planet keine Sonne hat", erklärte Orff. „Und demzufolge auch keine Umlaufbahn..."

Leyden ließ seiner Phantasie freien Lauf. „Nehmen Sie die Sterne der Umgebung an Stelle der Zentralsonne, und bei der Bahnberechnung multiplizieren Sie mit minus eins! Probieren Sie's einfach mal. Wir werden alle staunen."

„Und was machen Sie?"

„Ich vergleiche gespeicherte Daten. Übrigens auch mit Faltons Theorie, da können wir die gleiche Positronik benutzen. Na, ist das nicht herrlich, Gus?"

Der fand es gar nicht herrlich. Aber Leydens Vorschlag war besser als nichts.

Immer wieder schielte er zu Leyden hinüber, der mit Zahlen jonglierte, als habe er sie erfunden. Er analysierte Diagramme, dekodierte Speicherdaten und versank förmlich in einem Wust von Folien. Orffs Aufgabe, für die er immerhin noch zwei Assistenten einspannte, war dagegen einfach.

Oberst Herzog platzte dazwischen. „Mister Leyden, können wir die Schiffseinrichtungen wieder in den Originalzustand versetzen, oder planen Sie weitere Experimente? Vielleicht können wir den Zyargoff-Effekt umkehren und..."

„Lassen Sie abbauen, Oberst. Das ist eine Art Einbahnstraße", behauptete Leyden, verriet aber nicht, woher er sein Wissen bezog.

„Prächtig. Dann bekommen wir endlich die Strahlgeschütze wieder frei. Falls uns einer in diesem Universum nicht mag..."

Eine Stunde später war Gus Orff fertig.

„Der Planet ist erdähnlich. Etwas kleiner, dafür aber schwerer, so daß es bei Erdgravitation bleibt. Der Mond umkreist ihn in nur achtzehn Stunden und besitzt die vierfache Größe Lunas, ist aber nicht so massendicht. Die Atmosphäre des Planeten müßte atembar sein. Die Möglichkeit für Leben ist gegeben."

Herzog zeigte sich erfreut. „Na, dann wollen wir mal einen kurzen Linearsprung machen und sind im Nu da..."

„Stopp!" warnte Leyden da. „Keinen Linearsprung!"

„Warum nicht? Wir sparen uns über vier Stunden Schneckenkriechen im Raum."

Leyden sah an Orff vorbei zum Sichtsprechgerät, das Herzogs Konterfei zeigte. „Ich habe noch nicht den letzten Schliff, aber dieses Weltall ist *anders*. Eine Raumkonstante stimmt nicht hundertprozentig. Das heißt, daß ein Übertritt in den Halbraum schiefgehen könnte. Riskieren wir's lieber nicht!"

Herzog verzog das Gesicht. „Leyden, der Kalupkonverter erzeugt ein Kompensationsfeld, das alle Bezüge des Einsteinraums für uns aufhebt und uns durch den von Ihnen so treffend erwähnten Halbraum gleiten läßt, und der ist doch dann unabhängig von der Raumkonstante... weil's die im Linearraum nicht gibt."

„Und vielleicht gibt's den Linearraum auch nicht, wenigstens nicht hier! Hören Sie auf mich", warnte Leyden.

„Woher beziehen Sie Ihre phänomenalen Erkenntnisse?"

„Aus meinen Berechnungen. Soll ich sie Ihnen erklären? Das dauert zehn Stunden, und bis dahin..."

„Okay, wir schleichen", fauchte Herzog und schaltete ab.

„Halten Sie diesen Weltraum wirklich für so schlimm?" fragte Gus Orff staunend. Er versuchte, sich in Leydens Berechnungen einzuarbeiten, mußte aber schon bei der zehnten Gleichung kapitulieren. Leyden entwickelte geniale Fähigkeiten.

„Schlimm nicht, aber verschoben, und ich weiß nicht, ob wir diese Verschiebung mit den Zyargoff-Strahlen bis in diesen Weltraum ausgelöst haben, oder ob hier das Verschobene das Normale ist..."

Oberst Herzog beschloß derzeit, einen Praxistest durchzuführen. Ihm ging es nicht nur um die Katzensprung-Entfernung von nicht mehr ganz fünf Lichtstunden zum einsamen Planeten, sondern um die eventuelle Fluchtmöglichkeit. Wenn ein Gegner auftauchte, wollte er sich darauf verlassen können, notfalls mit Überlichtgeschwindigkeit das Weite zu suchen.

„Ein Roboter in eine Space-Jet, 'raus mit der Kiste und in zehntausend Kilometern Distanz zur EX-2115 ein Linearsprung von zehn Lichtminuten Dauer, Richtung beliebig“, ordnete er an.

„Glauben Sie etwa diesem Spinner, Sir?“ fragte der 1. Offizier verwundert.

Herzog antwortete nicht. Er wartete auf den Ausgang seines Experiments. Noch während die Space-Jet ausgeschleust wurde und beschleunigte, gingen weitere Meldungen ein.

„Immer noch kein Hyperfunksender festzustellen.“

„Die Sonnen in nächster Umgebung bestehen größtenteils aus M-Typen in einer Häufung, die uns unheimlich erscheint, so, als ob in dieser Galaxis alles anders wäre.“

Das Wörtchen „alles“ gab Herzog zu denken.

Die Ortung hielt die Space-Jet im Griff. Der umgeschaltete Hauptbildschirm zeigte den Diskusraumer, der davonjagte und immer schneller wurde, bis er robotgesteuert die geforderte Distanz erreichte.

Herzog zählte im Geist die Sekunden mit, die bis zum Lineareintritt vergingen. Dann war es soweit.

Jetzt mußte die Space-Jet im Halbraum verschwinden.

Sie verschwand auch.

Aber in einer gigantischen Explosion, die draußen im Weltraum aufstrahlte wie ein feuriger Kunststern und rasch wieder verlöschte.

Die Menschen in der Zentrale waren totenblaß. Plötzlich leistete jeder in Gedanken Tyll Leyden Abbitte. Wenn Herzog ungewarnt die EX-2115 in den Linearraum gebracht hätte...

Herzog rief den Astronomen und Physiker an. „Gratuliere, Leyden. Ihre Theorie hat sich bewahrheitet und uns eine Space-Jet gekostet. Das Ding ist auseinandergeflogen wie eine Bombe...“

„Sind die Daten gespeichert?"
„Ja."
„Dann überspielen Sie. Orff wird sich freuen..."
Und wie er sich freute. Zornig sah er Leyden an. „Sie haben eine unglaubliche Art, anderen Leuten Arbeit aufzuschwatzen! Verdammt, Sie tun so, als seien Sie hier der Chef! Warum analysieren Sie die Daten nicht selbst?"
„Weil ich als Gast an Bord bin und mich um das MOONFLOWER-Phänomen kümmere, in dem wir jetzt selbst mit drinstecken. Gus, reizt es Sie nicht, zu erfahren, ob in diesem Universum wirklich keine überlichtschnelle Raumfahrt möglich ist in dem Sinn, wie wir sie kennen?"
„Ich möchte nur wissen, was Sie wieder ausbrüten", murmelte Gus Orff unzufrieden.

Ein paar Stunden später umkreiste der Explorer den einsamen Planeten in weiträumigem Orbit. Der Planet wie auch der Mond wurde einer genauen Musterung unterzogen.
Die Fernortung zeigte die ersten Bilder.
Eine paradiesische Welt, von Menschen unberührt?
Da tauchten Häuser auf!
Waren das wirklich Häuser? So bauten keine Menschen. Aber von den Erbauern der Stadt war nichts zu sehen. Die Straßen, die in der Fernvergrößerung der elektronischen Beobachtung erkennbar wurden, waren leer. Nichts regte und bewegte sich.
Die nächste Stadt...
Und da schrien die Menschen in der Zentrale auf, die das Fernbild auf dem großen Panoramaschirm sahen.
Abseits der Stadt standen Raumschiffe!
Drei Kugelraumer! Zwei Kreuzer der Städteklasse und ein privates Schiff, aber auch hier war alles menschenleer und still!

„Energieortung", forderte Oberst Herzog.

„Nichts, Sir. In den Raumern läuft keine Batterie mehr! Alles abgeschaltet."

Das war dem Kommandanten unheimlich. Raumschiffe, die tot waren, abgeschaltet, nachdem sie in diesem fremden Weltraum ankamen und den einsamen Planeten fanden! War der ein Grab der Raumschiffe?

„Honur", flüsterte der Erste Offizier.

Oberst Herzog nickte gepreßt. Sie alle kannten jene Geschichte aus den frühen Tagen von Perry Rhodans Dritter Macht. Honur, der verbotene Planet, das Grab der Raumschiffe! Fast hätten Perry Rhodans hochfliegende Träume damals ein jähes Ende gefunden, als die gesamte Mannschaft seiner TITAN mit einer Seuche infiziert wurde.

„Wir gehen näher heran", flüsterte Herzog. „Ich muß wissen, was aus den Menschen an Bord geworden ist!"

„Zu gefährlich", warnte der Erste.

Herzog sah seinen Eins-O an. „Was im Leben ist nicht gefährlich?" fragte er. „Noch sind wir an Bord unseres Schiffes. Noch ist hier nicht alles abgeschaltet! Noch haben wir also alle Chancen."

„Nur nicht die, uns mit einem Linearmanöver blitzartig abzusetzen."

Trotzdem blieb Thomas Herzog bei seinem Entschluß. Vielleicht war den Menschen, die sich einst in den drei Raumschiffen befanden, noch zu helfen.

8.

Fellmer Lloyd rieb sich die Augen. „Wir haben ihn", flüsterte er. „Wir haben ihn jetzt endlich, zum Teufel."

Über Funk beorderte er das Verhaftungskommando

herbei. Die Männer der Solaren Abwehr packten zu. Die Festnahme war ein Kinderspiel. Justin Jorge, Maschinenmaat an Bord des Städtekreuzers RABAT, wurde abgeführt. Er kam nicht mehr dazu, sein Gürtelgerät einzusetzen. Lloyd esperte seine Gedanken und sorgte dafür, daß man ihm das Gerät abnahm.

„Mercant wird sich freuen."

Im stillen freute Lloyd sich darüber, daß er endlich einen Erfolg aufzuweisen hatte. Er hatte einen der Verschwundenen anhand des Gedankenfetzens „Sternenland" erkannt. Aber noch lieber hätte er diesen Erfolg Gucky gegönnt, dem Verschwundenen.

„Danke, Sonderoffizier Lloyd, aber wir benötigen Ihre Unterstützung jetzt nicht mehr", sagte einer der SolAb-Beamten, als der Gleiter auf dem Dach der Abwehrzentrale gelandet war. Lloyd schüttelte den Kopf. „Ich bleibe am Ball", beharrte er. „Oder wollen Sie mich wie einen Hund davonjagen?"

„Sie sind übermüdet und erschöpft, Sir."

„Das ist mein Problem", erklärte Lloyd gereizt.

Ein paar Minuten später war Mercant da. Der untersetzte Mann nickte dem Telepathen zu und betrachtete dann den Gürtel mit seinem Rückenteil-Anhängsel, das auf dem Tisch lag. „Das hatte der Mann bei sich?"

„Er wollte damit fliehen. Möglicherweise ist es so etwas wie ein mechanischer Teleporter", meinte Lloyd. „Vorsicht, Mercant. Fingern Sie nicht an den Schaltern herum. Am Ende verschwinden Sie mit dem Gerät im Irgendwo..."

„Dorthin, wo auch Gucky ist, nicht wahr? Lloyd, ich weiß, wie Sie sich um den Mausbiber sorgen. Und ich garantiere Ihnen, daß wir alles aus diesem Justin Jorge herausholen, was er weiß! Vor allem, wie man dieses verdammte Gürtelding bedient."

„Machen Sie“, sagte Lloyd.

Er selbst drang nicht mehr in den Gedankeninhalt Jorges ein. Er war von seiner telepathischen Suche erschöpft und ausgelaugt. Seine Para-Kräfte waren am Ende; er brauchte dringend Erholung. Eigentlich hätte er in regenerierenden Tiefschlaf gehen müssen. Aber er hielt sich krampfhaft wach. Nur seine Para-Fähigkeit setzte er nicht mehr ein. Das hätte ihn jetzt in den Zusammenbruch getrieben.

Man hatte Justin Jorge in einen nüchternen, teilweise verdunkelten Raum gebracht. Zwei Roboter mit schußbereiten Schockwaffen bewachten ihn. Jorge saß auf einem harten Plastikstuhl. Als Mercant und Lloyd eintraten, sprang er auf.

„Was Sie machen, ist Freiheitsberaubung“, sagte er. „Sie sind doch Mercant, nicht? Ich werde Sie verklagen und...“

„Erst einmal unsere Fragen beantworten“, sagte Mercant bestimmt. „Sie haben die Wahl. Sie können freiwillig reden oder unter Zwang. Wir können die Antworten auch mit Drogen aus Ihnen herauskitzeln. Oder wir fordern einen Telepathen an.“ Er blickte an dem ausgelaugten Lloyd vorbei.

Jorge ließ sich wieder auf dem Stuhl nieder und verschränkte die Arme vor der Brust.

„Ich will Ihnen einiges klarmachen“, sagte der Solarmarschall. „Zwangsläufig müssen wir in den Ihrer Verhaftung vorausgehenden sowie den begleitenden Umständen eine Bedrohung Terras sehen. Sie sind Besatzungsangehöriger des verschwundenen Kreuzers CADIZ. Plötzlich tauchen Sie in Terrania auf. Auf welche Weise? Hiermit?“ Er hob die Gürtelkonstruktion hoch, die er bisher hinter seinem Rücken gehalten hatte.

Jorge nickte nur.

„Sie machen einen Fehler, Mercant“, sagte er. „Wir sind keine Gefahr. Im Gegenteil. Wir möchten nur...“

„Fragen beantworten“, sagte Mercant schroff. „Und zwar in der Reihenfolge, in der ich sie stelle. Merken Sie sich das.“

Lloyd berührte seine Schulter. „Verhören Sie immer so?“ fragte er leise.

Mercant zuckte zusammen. Dann verzog er das Gesicht. „Sie haben recht, Lloyd. Ich bin zu ungeduldig. Also, fangen wir von ganz vorn an. Was geschah, als die CADIZ die Gefahrenzone anflog?“

„Interessiert Sie das wirklich?“ fragte Jorge mit spöttischem Unterton. „Wollen Sie nicht lieber wissen, wie dieser Gürtel funktioniert?“

Mercant seufzte. „Mann“, flüsterte er grimmig. „Wir haben nicht viel Zeit. Also halten Sie mich nicht zum Narren, oder ich lasse Sie mit Verhördrogen vollpumpen.“

„Das dürfen Sie nicht! Die terranische Verfassung...“

„Erlaube ich mir in Ihrem Fall außer Kraft zu setzen“, sagte Mercant. „Beschweren und mich verklagen können Sie hinterher. Aber jetzt werden Sie reden!“

„Das ist gegen das Gesetz! Das sind ja Springer-Methoden!“

Fellmer Lloyd hielt sich zurück. Er wußte, daß Mercant niemals daran dachte, von sich aus Gesetze zu übertreten. Er bluffte. Terra hatte es noch nie nötig gehabt, zu Radikalmitteln dieser unschönen Art zu greifen. Trotzdem... Selbst der Telepath hätte in diesem Fall versucht, wenigstens ein Auge zuzudrücken, wenn Mercant seine Drohung wahrmachte.

Er hoffte, daß Jorge den Bluff nicht durchschaute. Mercant hatte im Lauf der Zeit mit der Solaren Abwehr den moralisch „saubersten“ und trotzdem erfolgreichsten Geheimdienst der Galaxis aufgebaut. Hoffentlich erinnerte Jorge sich nicht daran.

„Mister Jorge", warf er ein. „Sie sprechen von der terranischen Verfassung und den Gesetzen. Darf ich Sie daran erinnern, daß Sie als Angehöriger der Solaren Flotte einen Eid auf eben diese Verfassung abgelegt haben und..."

Jorge fuhr leicht zusammen. Dann aber schüttelte er den Kopf. „Der bindet mich nicht mehr. Ich bin jetzt ein Bürger von Sternenland."

Da öffnete sich die Tür.

Reginald Bull trat ein.

„Warum hat mich keiner früher informiert, daß Sie einen dieser Vögel im Käfig haben?" Er stapfte mit geballten Fäusten auf den Stuhl zu. „Was habt ihr Verbrecher mit Gucky angestellt? Raus mit der Sprache, oder ich breche dir jeden Knochen einzeln!"

„Bully!" schrie Mercant.

Doch der massige Staatsmarschall schien ihn nicht zu hören. Er packte zu und riß Justin Jorge hoch, dessen Gesicht sich verzerrte. Die Roboter standen starr und griffen nicht ein. Sie waren darauf programmiert, den Gefangenen zu paralysieren, wenn er die Flucht ergriff. Alles andere ging sie nichts an.

Bully wirbelte Jorge herum und preßte ihn mit ausgestrecktem Arm gegen die Wand. Jorge war größer, aber Bully besaß beachtliche Kräfte, gegen die der CADIZ-Maschinenmaat nicht ankam. Seine Augen traten hervor, als Bully ihn mit einem schmerzhaften Griff zum Reden zwingen wollte. „Was ist mit Gucky?" keuchte der Marschall. „Wo ist er? Was habt..."

Mercant und Lloyd waren sich einig. Bullys Methode mochte wirkungsvoll sein, gehörte aber nicht unter zivilisierte Menschen. Mercant packte rechts, Lloyd links zu.

Mit einem Ruck rissen sie den untersetzten Mann zurück. Bully brüllte und schüttelte die beiden ab.

Es dauerte vielleicht zwei, drei Sekunden.

Die reichten Jorge!

Blitzschnell nutzte der „Bürger des Sternenlands“ die winzige Chance und hechtete zum niedrigen Tisch. „Achtung“, schrie Lloyd auf, der das Vorhaben Jorges erkannte.

Die Roboter konnten nicht eingreifen. Jorge wurde durch die drei anderen Männer gedeckt. Plötzlich hielt er seine Gürtelkonstruktion in der Hand, berührte einen Sensorpunkt und war verschwunden.

Bestürzt sahen sich die drei Männer an. „Weg“, fauchte Bully entgeistert. „Er ist weg! Himmel, das ist doch nicht möglich!“

„Das haben Sie großartig hingekriegt, Bully“, murmelte Fellmer Lloyd. Er fühlte sich unsagbar müde, zu müde, um überhaupt Zorn zu empfinden. Die ganze erschöpfende, nervenaufreibende Suche, die Verhaftung... Alles für die Katz. Zunichte gemacht durch einen tobenden Reginald Bull.

„Es war auch mein Fehler“, sagte Mercant leise. „Ich hätte den verdammten Gurt nicht auf dem Tisch liegenlassen sollen.“

„Oder die Roboter umprogrammieren müssen, damit sie uns alle geschockt hätten.“ Lloyd warf den Maschinenmenschen einen ärgerlichen Blick zu. „Hat einer von euch eine Beobachtung gemacht, wie Justin Jorge verschwand?“ sprach er die Roboter direkt an.

„Justin Jorge war da, griff den Gurt und war nicht mehr da“, schnarrten die beiden Robots synchron. „Keine nähere Beobachtung, Sir.“

„Er betätigte eine Sensortaste, Sir“, ergänzte der zweite Rob, der ein etwas anderes Sichtfeld besaß. „Keine weitergehende Beobachtung."

„Also doch so etwas wie ein künstlicher Teleporter", sagte Lloyd. „Was mich wundert, ist, warum es bisher noch keinen Großangriff auf uns gab. Mit diesen Geräten können sie ungehindert kommen und gehen, es scheint keine Schaltverzögerung zu geben. Warum haben sie uns dann nicht längst schon kaltgestellt? Statt dessen wieseln sie überall auf der Erde herum und versuchen, Leute für das Sternenland zu gewinnen."

„Aus diesem Grund ja rate ich von einer Panikmache und Evakuierung ab", riet Bully. „Da steckt etwas anderes dahinter."

„Wir müssen versuchen, in dieses Sternenland vorzudringen", sagte Mercant. „Angriff ist die beste Verteidigung. Wir hätten fast eine Chance gehabt, wenn Jorge uns die Bedienung des Gürtelteleporters erklärt hätte."

„Aber Sie Unglücksrabe mußten uns alles durch Ihre Unbeherrschtheit kaputtmachen", warf Lloyd Bully vor.

„Es könnte doch ein Stoßtrupp per Raumschiff durch den Weltraum...", schlug Bully unbeeindruckt vor.

„Zu unsicher", wehrte Mercant ab. „Hinterher sind die Leute ebenso *umgedreht* wie Jorge, dieser Pjotr Landow oder Tania Craven und versuchen, uns fürs Sternenland anzuheuern. Nein, es muß ein Überraschungsschlag werden, der uns direkt ans Ziel bringt. Jetzt haben wir wieder zu warten, bis wir den nächsten Agenten schnappen."

Bully murmelte eine Verwünschung und stapfte davon. „Bringen Sie mir Gucky lebend und unversehrt zurück", rief er in der Tür. „Alles andere interessiert mich nicht mehr. Hättet ihr Trolle mich gelassen, hätte ich inzwischen alles aus Jorge herausgeprügelt."

Mercant und Lloyd sahen sich an. Prügelmethoden gehörten nicht zur Arbeitsweise der Abwehr. Das überließ man Springern und Akonen. Terra war zivilisiert.

Und deshalb dauerte die unheimliche Bedrohung weiter an!

9.

Tyll Leyden lehnte sich zurück und streckte die Arme weit von sich. „Also doch", murmelte er. „Meine Vermutungen stimmten."

„Welche Vermutungen?" fragte Gus Orff neugierig, weil er sich neue Erkenntnisse über die Struktur des Sternenland-Weltraums erhoffte.

„Daß Stonehenge als Transmitteranlage gedient haben könnte..."

„Nein!" stöhnte Orff auf. „Leyden, Sie..."

„Daß ich genial bin, brauchen Sie mir nicht vorzulügen", wehrte Tyll ab. „Ich sage ja auch nur ‚könnte', weil ein Unsicherheitsfaktor von achtzehn Prozent bleibt. Da Stonehenge als Gesamtanlage teilzerstört ist, wird das Ergebnis etwas verfälscht und..."

„Wer will denn hier etwas von Stonehenge hören?" rief Orff. „Wir haben andere Sorgen, und Sie arbeiten doch an MOONFLOWER und nicht an Stonehenge."

„Was verstehen Sie schon davon?" murmelte Leyden. „Zwischen Stonehenge und dem MOONFLOWER-Vorfall gibt's Parallelen! Mir schleierhaft, warum die außer mir nur Reginald Bull bemerkt zu haben scheint, dabei liegt es doch auf der Hand. Beide Objekte, wenn man einen Raumsektor mal als Objekt sehen kann, sprechen auf die Zyargoff-Energien an! Und auch wenn der Stonehenge-Bereich verfälscht reflektiert, so..."

Gus Orff drehte ihm den Rücken zu und ging. Leyden

verstummte. Ignorant! dachte er kurz und verließ ebenfalls seinen Arbeitsplatz. Er hatte eine Leistung erbracht und war müde. Er brauchte eine Mütze voll Schlaf, suchte seine Kabine auf und stellte sich unter die Dusche, weil er bis aufs Hemd durchgeschwitzt war. Aber dann fand er doch nicht so schnell Ruhe, weil er an Sol denken mußte, den gelben Stern.

Sol emittierte doch tausend Strahlenarten, aber keine Zyargoff-Komponente! Weder die originale noch die entartete, die damals im Asoythsystem fast zur Katastrophe geführt hatte.

Ohne Zyargoff-Energien aber kein Transmitter-Effekt der Stonehenge-Anlage! Warum hatte man sie dann errichtet? Wer mit Zyargoff-Energien arbeitete, mußte sie auch in Sternen nachweisen können. Und daß ein Stern seine Strahlen-Charakteristik innerhalb von ein paar tausend Jahren veränderte, gab es nicht. Sol, die heimatliche Sonne, strahlte schon länger in unveränderter Form, als die Stonehenge-Anlage bestand.

Unruhig wälzte Leyden sich auf seinem Lager hin und her. Aber irgendwann forderte die Müdigkeit doch ihr Recht, und er schlief ein.

Als er aufwachte, war er nicht mehr allein.

Hin und wieder setzte Gucky seine Para-Kräfte ein und esperte nach fremden Gedanken. Wenn er welche traf, gehörten sie zu Menschen aus den drei Schiffen, aber sie brachten ihm nichts Neues ein. Kein Wunder. Wer rechnete in seinem Denken denn auch damit, daß Gucky sich im Sternenland aufhielt und nach Informationen suchte?

Aber plötzlich war da etwas anderes. Gedanken, die sich in völlig anderer Form mit dem Sternenland befaßten, und diese Gedanken kamen aus dem Weltraum.

Gucky machte Sir Karolus darauf aufmerksam. Der

hob die Schultern. „Ein weiteres Raumschiff, nehme ich an“, sagte er. „Bald wird es wohl als viertes hier in der langen Reihe stehen und von seinen Besatzungsmitgliedern verlassen werden.“

Gucky sah an den drei großen Kugelraumern entlang, die säuberlich auf einer grünen Rasenfläche geparkt standen. Die Landeteller waren etliche Meter tief in den Boden eingesunken; das Gewicht der Schiffe lastete schwer auf ihnen. Da an Bord *alles* abgeschaltet worden war, konnte der Antigrav naturgemäß auch keinen Gewichtsanteil neutralisieren.

Die leeren, toten Schiffe kamen Gucky wie Gräber vor.

„Und wenn der Kommandant da oben so schlau ist, nicht zu landen?“ fragte Gucky.

„Er wird wohl müssen“, sagte Karolus. „Irgendwann muß er die Vorräte auffrischen.“

„Aber das kann er auch auf anderen Planeten.“

„In erreichbarer Nähe gibt es nur Sternenland“, sagte Karolus. „Ich verstehe zwar nichts von der Technik, aber ich hörte einen Mann der RABAT sagen, daß in diesem Weltraum der Kalupkonverter nicht eingeschaltet werden kann, weil er sich nicht mit dem Raumzeit-Gefüge verträgt. Also kein Überlichtflug.“

Plötzlich begriff der Mausbiber. Vielleicht war das ein Grund für das Verlassen der Schiffe! Sie waren zu nichts mehr nütze – unter der Voraussetzung, daß es keinen Rücksturz ins Einstein-Universum durch das Loch im All gab, durch das sie gekommen waren.

Er fragte Karolus danach.

„Darüber weiß ich nichts“, gestand der „Fremdenführer“. „Es interessiert mich auch nicht. Ich fühle mich hier wohl und habe keine Absicht, das Sternenland wieder zu verlassen. Hier ist es schön. Eine Welt zum Träumen.“

Nach Guckys Ansicht gehörte zum Träumen mehr als

gutes Wetter und eine besitzerlose Supertechnik, die einem die gebratenen Tauben in den Mund warf. Aber wenn Karolus zufrieden war... er, Gucky, war es jedenfalls nicht.

„Ich werde mich mal um den Raumer kümmern“, sagte er. „Ich will wissen, wer das ist.“

„Wir könnten ihn anfunken“, schlug Sir Karolus vor.

Gucky winkte ab. „Später. Ich verabschiede mich jetzt. Wir sehen uns nachher, ja?“

Im nächsten Moment war er verschwunden. Nur die Luft knallte mit einem leisen „Plop“ ins entstehende Vakuum.

Sir Karolus blieb einen Moment lang stehen, dann wandte er sich ab und ging zum Gleiter zurück. In der Nähe der leeren Raumschiffe hielt ihn nichts. Er wollte zurück zur Stadt. Wenn Gucky zurückkam, würde er ihn schon finden.

Der Hauptbildschirm in der Zentrale der EX-2115 zeigte eine Stadt, in der Menschen waren. Menschen, die lebten und sich bewegten.

Die Kommandantenkonsole vor Oberst Herzog zeigte Gucky. Gucky, der aus dem Nichts auftauchte, die Arme anwinkelte und die kleinen Fäuste einstemmte. „Guten Tag allerseits“, piepste der Mausbiber.

„Ich werd’ verrückt“, murmelte der Erste Offizier.

„Keine leeren Versprechungen“, warnte der Ilt. „Oder ich sorge dafür, daß du es wirklich wirst.“ Er drehte sich wieder zu Herzog um. „Name, Dienstrang, Einheit?“

Herzog tippte sich an die Stirn. „Mal langsam, Gucky. Erst muß ich wissen, daß du echt bist. Wo kommst du her?“

Gucky drehte den Daumen nach unten. „Von da“, verkündete er schrill. „Und wenn du noch einmal wagst, an meiner Echtheit zu zweifeln, spielst du Ventilatorflügel unter der Decke!"

Herzog hob die Brauen. Im Zeitalter der elektronisch gesteuerten Klimaregler konnte er sich jene Ventilatoren, die einstmals in tropischen Gebäuden stickige Luft umrührten, nicht vorstellen. Das störte Gucky wenig. Mit einem Sprung verließ er die Konsole und sah sich um.

„Das stinkt förmlich nach einem Explorer", sagte er. „Ihr seid die EX-2115, nicht wahr?"

Herzog richtete sich auf. „Richtig. Aber du hast uns immer noch nicht erzählt, woher du kommst. Ist uns ein Schiff nachgeschickt worden? Oder hat man etwa eine Möglichkeit gefunden, uns zurückzuholen?"

„Noch nicht", gestand Gucky. „Sag mal, Herzögchen, stimmt das, daß sich der Kalup nicht einschalten läßt?"

„Einschalten läßt er sich schon, bloß sprengt er uns dann das Schiff in Stücke."

Gucky nickte ernsthaft. „Also doch. Sag mal, habt ihr nicht dieses frühstücksüchtige Unikum an Bord, oder irre ich mich in Sachen Einsatzplanung?"

„Leyden? Ja..."

„Ich finde ihn schon. In der Zwischenzeit könnt ihr ruhig da unten landen. Aber stellt um Himmels willen euren Riesenfußball nicht neben die drei anderen Schiffe, und schaltet auch die Maschinen nicht ab. Ich mag keine Stahlsärge."

„Was ist da unten los?" fragte Herzog.

„Nichts. Alle sind wohlauf und wollen Sternenland nicht mehr verlassen. Der Planet ist harmlos, aber laßt euch nicht einwickeln. Soll ich Leyden einen Gruß von dir ausrichten?"

Herzog winkte ab. „Halte ihn mir bloß vom Leib!"

Gucky teleportierte. Während er mit Herzog sprach, hatte er telepathisch nach Tyll Leyden gesucht und ihn schlafend gefunden. Aber es war ein sehr unruhiger Schlaf. Leyden träumte von keltischen Zauberpriestern, die Tania Craven in der Stonehenge-Anlage ihren Göttern opfern wollten.

„Aufwachen", verlangte Gucky. „Dein Typ wird dringend gebraucht."

Kreise schließen sich und schaffen neue Verbindungen. Der Logikbereich tritt zurück und gibt dem Irrationalen den Vorrang. Synapsen produzieren das, was Menschen Gedanken nennen würden. So etwas wie Erregung wird stärker.

Ein künstliches Gehirn registriert Aktivitäten, wie sie seit Jahrtausenden nicht mehr an der Tagesordnung sind. Es ist fast wie eine Erinnerung an einst. Gespeicherte Bilder tauchen auf und werden von der Wirklichkeit überdeckt.

Doch die Wirklichkeit gewinnt wieder Gestalt, und auch die Irrationalität. Darf es denn so etwas wie Hoffnung geben?

Hoffnung, daß unter all denen, die jetzt leben und da sind und sich der Technik der Wandernden *bedienen, vielleicht einer ist, der die Fähigkeiten und auch den Willen besitzt, zu helfen…*

Vielleicht hat das Warten bald ein Ende…

Tania Craven sah den Schatten über ihr Haus hinweggleiten. Unwillkürlich blickte sie nach oben und erkannte einen riesigen Kugelraumer, der über die Stadt hinwegglitt. Ein lautloser Dämon, dessen Triebwerke schwiegen. Nur die Antigravs trugen das mächtige Schiff mit dem umlaufenden Ringwulst.

Die Frau schwamm zum Rand ihres Pools. Sie wunderte sich nicht, daß die Bedürfnisse der ausgestorbenen

Planetenbewohner so sehr den menschlichen glichen, nahm es nur als angenehme Begleiterscheinung hin. Sie kletterte hinaus und sah dem Raumer nach. Er flog sehr tief, setzte offenbar zur Landung an. Ein leichtes Rauschen folgte ihm; ein Luftsog, der kühl über Tanias nasse Haut strich.

Es war ein Anblick, der sie in seinen Bann schlug. Ovale Segmente lösten sich aus der Zelle des Raumers und senkten sich ab, getrieben von Teleskopröhren und Stützkonstruktionen. Die Riesenkugel, deren Größe Tania nicht genau schätzen konnte, fuhr ihre Landebeine aus.

Da sah sie die Beschriftung in den zehn Meter hohen Buchstaben. „EX-2115", las sie. Sie lächelte. Man hatte also ein Explorerschiff ausgesandt, um das Phänomen zu erkunden. Aber das paßte irgendwie nicht zu Terra. Man schickte keine Raumer in unerklärliche Fallen. Also mußte die EX so hineingeraten sein.

Irgendwie kam ihr der Schiffsname bekannt vor. War das nicht...

Doch! Das war doch das Schiff, auf dem Tyll Leyden vor dem Blues-Krieg und der Schreckwurm-Affäre Dienst tat! Damals war sie zwar durchgehend auf Arkon gewesen, aber sie hatte davon gehört.

„Tyll", murmelte sie und glaubte ihn wieder vor sich zu sehen mit seinem aschblonden, zurückgekämmten Haar und den ausdrucksvollen Augen. Dieser Augen wegen hatte sie sich seinerzeit in ihn verliebt, und sie hatten ihre Faszination auch beim heutigen, dreißigjährigen Leyden nicht verloren.

Sie wünschte sich mit aller Kraft, daß Tyll an Bord des Raumers sein möge – um zu ihr ins Sternenland zu kommen.

Die Sonne trocknete die Wassertropfen von ihrer Haut.

Mit mechanischen Bewegungen griff sie nach dem hautengen Overall, der am Poolrand lag, und streifte ihn über.

Es kann kein Zufall sein! Götter Arkons, dachte die Terranerin, *laßt Tyll an Bord sein!*

Sie hatte ja nichts Besseres zu tun in dieser Paradieswelt, und so orderte sie per Armbandgerät einen Gleiter zu ihrem Haus, um zur anderen Seite der Stadt zu fliegen. Dort setzte die EX-2115 gerade geräuschlos wie ein Gespenst auf.

Vielleicht war Tyll ja wirklich an Bord. Hatte er nicht mit dem Verschwinden der MOONFLOWER zu tun? Vielleicht war er deshalb mit dem ganzen Raumer gekommen...

Tania Craven wandte sich um.

Und ein Traum wurde Wirklichkeit.

Mit wenigen Worten klärte Gucky Tyll Leyden über sein Erscheinen auf. „Ich glaube, du wirst gebraucht", fügte er hinzu. „Da unten denkt jemand sehr intensiv an dich."

„Wer?" fragte Leyden, der sich in Rekordzeit wieder angekleidet hatte.

„Jemand, der dich sehr gut kennt. Soll ich dich hinbringen? Gleichzeitig könntest du als Wissenschaftler mir mal erklären, ob die Leute hier im Sternenland alle mondsüchtig sind."

„Mondsüchtig?"

Gucky zeigte seinen Nagezahn. „Sternenland besitzt ein Mond-Ungeheuer, einen Giganten, der mich förmlich erdrückt. Aber vielleicht sind die Leute hier alle mondsüchtig und wollen deshalb so gern hierbleiben..."

„Das meinst du doch nicht im Ernst", brummte Leyden. „Gut, ich vertraue dir und komme mit, aber ich muß mich erst noch bei Herzog abmelden. Und lange wird unser Trip nicht dauern, weil ich noch zu arbeiten habe."

Gucky wagte einen Blick in Leydens Gedanken, aber nur dieses eine Mal, weil es darin von Formeln und Gedankenexperimenten wimmelte, bei denen der Mausbiber nicht mehr mitkam. Leyden war in Gedanken schon wieder bei seiner Arbeit!

„He“, mahnte Gucky. „Du solltest mal an was Anständiges denken, damit ich auch was davon habe...“

„Was verstehst du unter ‚anständig‘, Gucky?“ wollte Leyden schmunzelnd wissen.

„Zügle deine Phantasie“, warnte der Ilt. „Und komme mit.“

Er ließ Leyden keine Zeit mehr, sich abzumelden. Von einem Moment zum anderen fand Leyden sich auf der Planetenoberfläche wieder. Hinter einem flachen Wohnhaus, vor einem Swimming-pool – und vor Tania Craven.

„Tania?“ stieß er hervor.

Sie war ebenso überrascht. Dann sah sie den Mausbiber. „Gucky? Du bist mit Gucky gekommen? Du warst wirklich im Schiff? Meine Träume werden wahr. Das ist ja herrlich!“

Sie umarmte und küßte ihn.

Gucky unterbrach. „Sein Hiersein ist ebensowenig freiwillig wie meins, aber Liebende soll man nicht trennen, sondern zusammenführen...“

„Verflixt, Gucky, ich muß Herzog anrufen! Oder Orff! Sonst werden die verrückt...“

„Ich habe einen Telekom im Haus“, bot Tania an. „Den kannst du benutzen. Hoffentlich weißt du deine Bordfrequenz...“

Er wußte sie. Herzog fiel aus allen Wolken, aber dann sah er Gucky hinter Leyden stehen und dachte sich seinen Teil. „Mister Leyden, sehen wir Sie heute auch noch mal an Ihrer Arbeit?“

„Klar“, versicherte Tyll und blickte auf sein Chrono. „Nach der Frühstückspause, Herzog. Wußte gar nicht, daß ich so lange geschlafen hatte, bis Gucky mich weckte...“

„Kein Wunder; laut Orff haben Sie ja fast die ganze Nacht durchgearbeitet. Bringt Gucky Sie zurück?“

„Vielleicht“, sagte Leyden, schaltete ab und grinste Tania Craven an. „Hoffentlich ist dein Kühlschrank gut gefüllt. In zwei Minuten beginnt laut Dienstplan meine Frühstückspause, und wenn ich schon alles andere nicht einhalte – das muß sein.“

„Ich zaubere dir etwas“, versicherte Tania und huschte in einen anderen Raum.

Tyll Leyden sah Gucky an und grinste jungenhaft. „Ich danke dir, Freund, daß du mich hierher brachtest, aber jetzt solltest du dich für eine Weile nicht nur flüssig, sondern überflüssig machen. Hier wollen zwei Menschen ein wenig allein sein, und da stört ein dritter nur.“

„Daß ich störe, hat mir noch keiner zu sagen gewagt“, piepste Gucky. „Eigentlich sollte ich dich zur Fliege machen, aber in Anbetracht eurer Situation... Oder soll ich nicht doch als Anstandswauwau hierbleiben?“

„Raus“, schrie Leyden lachend.

Gucky teleportierte sich von hinnen.

Oberst Herzog blieb mißtrauisch. Einerseits vertraute er Gucky. Wenn der Mausbiber sagte, es sei alles in Ordnung, dann war dem auch so. Andererseits aber dachte Herzog immer wieder an die drei technisch toten Raumschiffe in einiger Entfernung. Deshalb erteilte er allgemeines Ausgehverbot für die Besatzung und die wissenschaftlichen Teams. „Jedes Verlassen des Schiffes ist von mir persönlich zu genehmigen“, ordnete er an.

Er wollte keine bösen Überraschungen erleben. Immer

wieder mußte er auch an Honur denken und an die Seuchenträger, die possierlichen Bärchen. Der Vorfall, der damals Rhodan fast alles gekostet hatte, war heute noch in den Annalen des Imperiums unvergessen. Ein warnendes Mahnmal, was unvorsichtigen Raumfahrern geschehen konnte.

Daß da draußen Menschen lebend und vergnügt herumliefen, beruhigte ihn nicht. Auf Honur hatte es auch Arkonidenabkömmlinge gegeben, und die waren gegen das Gift immun!

Er war eigentlich reif für eine Runde Schlaf. Aber es hielt ihn in der Zentrale. Er wartete förmlich darauf, daß irgend etwas geschah. Und dann wollte er selbst am Ball sein.

Hatte sich sein Warten gelohnt?

Über Interkom meldete sich die Ortung. „Sir, wir messen da etwas an, undeutlich nur, aber es scheint, als befände sich auf diesem Planeten ein Hyperstrahler! Einer, der sich zu tarnen versucht!“

Die Meldung elektrisierte Herzog förmlich. Er sprang auf. „Koordinaten?“

„Nicht zu bestimmen, Sir. Der Hyperstrahler muß sich auf der anderen Seite des Planeten befinden. Wir orten ihn durch den Planetenkern hindurch.“

„Das schaue ich mir persönlich an!“

Oberst Herzog verließ die Zentrale und suchte die Funk- und Meßstelle auf. Dann sah er dem Spezialisten über die Schulter und versuchte sich seinen Reim auf das zu machen, was die Ortungen anzeigten.

Ein Hyperstrahler, der sich eintarnte! Er mußte unter einem verschleiernden Abschirmfeld liegen, und deshalb erhielt die Ortung der EX-2115 nur Streuwerte. Eine Idee durchzuckte Herzog. „Sollte das Zyargoff-Strahlung sein?“

„Nie von gehört, Sir..."

„Das Zeugs, mit dem wir experimentierten und dem wir wahrscheinlich unser Hiersein verdanken", sagte Herzog barsch. „Leyden ist ja nicht an Bord... Orff soll kommen und sich das ansehen."

Orff kam und sah.

„Nur eine Ähnlichkeit", sagte er. „Diese Hyperstrahlung ist der Zyargoff-Komponente ähnlich, mehr aber auch nicht – selbst wenn man die Verzerrung durch die Abschirmung mit in Betracht zieht. Die Zyargoff-Strahlung, die von G-Sternen emittiert wird, sieht in zwei Zacken anders aus. Hier und hier... ist die originale Z-Amplitude kleiner." Er deutete auf das Diagramm. „Aber, Oberst, hat man Ihnen schon die Meldung gemacht, daß in diesem Weltall *alle* Sterne, gleich welchen Typs, über eine Zyargoff-Komponente in ihrer Strahlung verfügen?"

„Nein."

„Dann hat man's verschlampt. Ich weiß auch nicht, ob das von Bedeutung ist. Leyden müßte etwas damit anfangen können, aber der ist ja nicht mehr an Bord."

„Orff, was meinen Sie: Sollte Leyden sich diese Hyperstrahlung näher ansehen?" wollte Herzog wissen.

„Auf jeden Fall! Er ist Spezialist dafür, ich bin nur sein Ausputzer. Trotz der Asoyth-Aktion ist mir diese Z-Komponente immer noch ein Buch mit sieben Siegeln!"

„Ich danke Ihnen, Orff", sagte Herzog. Er wandte sich an den Ortungsspezialisten: „Versuchen Sie weiter, den Standort der Strahlenquelle zu ermitteln. Wenn es gar nicht anders geht, muß ein Beiboot 'raus, zur Kreuzpeilung. Aber das möchte ich gegenwärtig noch vermeiden."

Er kehrte zur Zentrale zurück. „Lassen Sie Leyden rufen. Er soll an Bord zurückkehren und sich des Falles annehmen."

Ein paar Minuten später kam die Antwort.

„Mister Leyden läßt mitteilen, daß er frühstückt."

Das konnte Herzog inzwischen auch nicht mehr erschüttern. Er sah auf sein Chrono, und die Zeiten von anno Filzpantoffel hatte er noch im Kopf. „Noch eine halbe Stunde, na schön, die werden wir auch überleben, und vielleicht haben wir bis dahin den Standort ermittelt."

Er war sogar fast erleichtert. Bewies Leydens Einhalten der Frühstückspause nicht, daß der noch nicht von irgendwelchen Faktoren beeinflußt war?

10.

Pünktlich beendete Tyll Leyden sein Frühstück. Auf das Vernaschen des Nachtischs, der bezaubernd aussah und auf den Namen Tania Craven hörte, verzichtete er, weil ihn die Arbeitswut wieder im Griff hielt.

Tania schmollte. „Tyll, eine Stunde wenigstens, deine Arbeit läuft dir nicht davon, und Gefahren bestehen hier im Sternenland doch auch nicht!"

Auch ihr glühender Kuß ließ ihn nicht schmelzen. Verzweifelt versuchte sie in ihm den anderen Tyll Leyden zu wecken, den Wilden aus ihrer beider wilden Vergangenheit. Aber der Wissenschaftler in Leyden ließ sich nicht verdrängen.

Als Gucky auftauchte, wußte Tania, daß sie für den Augenblick verloren hatte. „Aber du kommst doch wieder, Tyll? Bestimmt?"

„Sobald ich Zeit habe. Ich versprech's dir, Tania."

Sie wußte, daß er noch nie ein Versprechen gebrochen

hatte, und ließ ihn gehen. Per Teleportation brachte der Mausbiber ihn in die EX-2115 zurück.

Leyden sah sich die Diagramme an und hörte dann auch, was während seiner Schlafperiode festgestellt worden war: daß alle Sterne Z-Strahler waren.

„Soso“, machte er nur.

„Mehr haben Sie dazu nicht zu sagen?“ wollte Gus Orff wissen. Leydens Antwort bestand aus einem Kopfschütteln.

„Sehen wir uns diesen Hyperstrahler doch mal aus der Nähe an“, schlug er statt dessen vor und meldete seinen Plan in der Zentrale an.

„In Ordnung, Leyden. Ich stelle Ihnen eine Space-Jet zur Verfügung“, sagte Oberst Herzog.

Leyden war enttäuscht. „Ich hatte gehofft, wir flögen mit der EX…“

„Davon möchte ich absehen“, bekannte Herzog. „Die EX-2115 startet bis auf weiteres nur in Notfällen. Aber ich kann es wohl verantworten, daß ein Beiboot uns verläßt. Daß Sie ohne zu murren wieder an Bord gekommen sind, beweist mir, daß die Beeinflussung der Menschen, die ich befürchte, entweder nicht stattfindet oder schwächer als gedacht ist…“

„Gucky sprach von Mondsüchtigkeit“, warf Leyden ein. „Könnte da was dran sein? Ich bin kein Traumforscher…“

„Ich auch nicht, Leyden. Nehmen Sie die SJ-12, die müßte ohnehin turnusmäßig mal wieder geflogen werden.“

„Aber mein Team stelle ich selbst zusammen.“ Leyden sah Gucky neben sich stehen und nickte dem Mausbiber zu. „Kommst du mit, Retter und Rächer des Universums?“

Gucky kam mit.

Leyden ließ sich die ungefähre Peilrichtung geben; der exakte Standort des Hyperstrahlers war noch nicht erkannt worden. Aber Leyden sah an den Diagrammen, daß es sich nicht um Zyargoff-Strahlung handelte, auch wenn sie ähnlich war. Das hier war anders. Ein Geheimnis, das er lösen wollte.

Er bedauerte, daß er nicht an seinem Stonehenge-Phänomen weiterarbeiten konnte. Die Verbindung sah er immer deutlicher. In Gedanken spielte er damit, den teilzerstörten Steinkreis rekonstruieren zu lassen, um zu sehen, was mit einem intakten Kreis von Megalithen geschah. Aber dieses Vorhaben würde wahrscheinlich an der Sturheit der Verantwortlichen scheitern, die einfach nicht genug Phantasie aufbrachten, um Leydens Ideen zu folgen.

Die Space-Jet SJ-12 besaß drei Mann Besatzung – Pilot, Funker und Techniker. Leyden übernahm das Kommando. „Landen Sie in der Stadt vor einem Haus, das ich Ihnen bezeichne. Wir nehmen noch jemanden an Bord“, beschloß er.

Tania Craven zeigte sich überrascht, als der Kleinraumer zwischen den Häusern auf der sogenannten Straße landete und Leyden ausstieg. Sie eilte ihm entgegen. „Bleibst du jetzt hier?“ rief sie begeistert.

Der Wissenschaftler schüttelte den Kopf. „Ich wollte fragen, ob du mit willst. Wir machen einen Ausflug auf die andere Seite des Planeten. Ich möchte mir etwas ansehen, und ich hätte dich gern in meiner Nähe.“ Er küßte ihre Stirn.

„Selbstverständlich komme ich mit.“

Und dann bekamen sie noch einen Passagier: Sir Karolus! Zufällig tauchte er auf, wurde von Gucky erspäht und sofort in Beschlag genommen. Er zeigte sich an dem Phänomen interessiert. „Ein funktionierender Hyperstrahler? Das würde ja bedeuten, daß doch noch jemand auf diesem Planeten lebt..."

„Ja." Gucky nickte ernsthaft. „Roboter. Intelligenzen hätten sich längst gezeigt. Oder würdest du es dir gefallen lassen, daß plötzlich Fremde auftauchen und die ganze Welt in ihren Besitz nehmen?"

Sir Karolus schüttelte nur den Kopf.

Dann jagte die Space-Jet davon. Der Funkkontakt mit der EX-2115 riß nicht mehr ab.

„Ziemlich eintönig, das alles", maulte Gucky, als sie die „Nachtseite" des Sternenlands erreichten. Er atmete erleichtert auf, als er die erdrückende Riesenscheibe des Mondes nicht mehr sah. Trotzdem wurde es nicht richtig dunkel. Die Vielfalt der Sterne am Himmel sorgte für Dämmerlicht.

„Wäre der Mond nicht so groß, könnte er nicht so viel Helligkeit verstrahlen, daß es taghell wird", spekulierte Sir Karolus. „Er muß eine fast spiegelartige Oberfläche haben, weil er das Sternenlicht doch fast hundertprozentig reflektiert."

Leyden, der Wissenschaftler, schwieg dazu. Er saß zurückgelehnt in der Glaskanzel der Space-Jet, die Augen geschlossen, und trommelte mit den Fingern den Takt einer unhörbaren Melodie. Er dachte nach.

„Wieso eintönig?" griff Tania Craven Guckys Bemerkung auf. „Es ist eine schöne Welt, in jeder Beziehung."

„Ebenen, Wiesen, Wälder und Seen, Berge und Täler – das ist doch nichts Außergewöhnliches", wehrte Gucky ab. „Solche Planeten gibt's Abertausende im Universum, und die meisten haben auch noch eine funktionierende Tierwelt. Hier kommt mir alles so künstlich vor. Schon mal Blumen gesehen, die Blüten entwickeln, obgleich es keine Insekten gibt, die zur Befruchtung verwendet werden können? Demzufolge ist die Blüte in sich nutzlos."

„Sag doch gleich, der ganze Planet sei nutzlos", fauchte Tania erbost.

Gucky grinste.

Leyden öffnete die Augen. „Ich wüßte schon eine Funktion für den Planeten, aber dann halten mich wieder alle für verrückt."

„Sir, wir erfassen den Hyperstrahler jetzt konkret", meldete der Pilot der Jet. „Die Kreuzpeilung steht. Wir haben anhand der Ortungswinkel der EX durchgerechnet..."

„Dann fliegen Sie doch endlich hin", murmelte Leyden. „Mit einem kleinen Gleiter wären wir schon längst da..."

„Was mich interessiert", warf Gucky ein, „mal so ganz zwischendurch gefragt, ihr Sternenländer: Ist in eurer Agententätigkeit und diesem Loch im Weltraum eine Bedrohung für die Erde zu sehen? Eine geplante Entvölkerung des Solsystems?"

Entrüstet schüttelte Sir Karolus den Kopf. „Wie kommst du darauf?"

Gucky antwortete nicht. Er dachte sich seinen Teil.

Wenig später tauchte die Space-Jet in der Nähe des Hyperstrahlers auf. Er befand sich fast exakt auf der gegenüberliegenden Planetenseite der EX-2115. „Anlage liegt unter einem Schutzschirm unbekannter Struktur", meldete der Funker, der zugleich die Ortung der SJ-12 bediente. „Kugelförmig, Durchmesser fünfzehn Kilometer. Schirmfeld reicht zur Hälfte in den Planetenboden. Durchdringende Strahlung beträgt höchstens zwei Prozent des ursprünglich erzeugten Wertes."

Leyden beugte sich vor. „Wie nahe können wir heran?"

„Bis an den Schirm, wenn die Anlage ungefährlich ist",

sagte der Pilot. Er holte die Ortungsdaten mit einem Schalterdruck auf sein Pult und betrachtete die Anzeige der Instrumente. „Das müssen ganz schöne Energien sein, die da hinter dem Schirm stecken. Daß das sich alles so tarnen läßt, ist mir ein Rätsel. Da können sogar die Posbis noch von lernen…“

„Und vor allem die Akonen“, sagte Karolus.

„Was sagt der Große Bruder?“ fragte Leyden.

Der Große Bruder, Oberst Herzog, äußerte sich per Funk nicht.

„Also Handlungsfreiheit“, sagte Leyden. „Schutzschirm ein und dicht ran.“

Flirrend baute sich das grüne Schirmfeld um die Space-Jet auf. Der Pilot bremste etwas ab und näherte sich der Konstruktion langsamer als zuvor. Sie war jetzt auch mit dem bloßen Auge zu sehen, vielmehr das Schirmfeld, das matt schimmerte und den Ortungsdaten nach siebeneinhalb Kilometer in die Höhe ragen mußte. Damit ließ sich eine komplette Stadt absichern.

„Distanz achtzig Kilometer…“

„Auf den Schutzschirm können wir verzichten“, meuterte Tania Craven. „Es gibt auf dem ganzen Planeten nichts, was gefährlich ist.“

„Sagte der Angler zum Fisch“, brummte Leyden.

„Tyll, warum kannst du es nicht glauben? Sternenland ist ein Paradies…“

Gucky räusperte sich. „Und wo, bitte, ist der Staubsauger?“

Alle sahen ihn verblüfft an.

„Na“, bequemte sich der Kleine zu erklären, „wißt ihr Menschen denn nicht, was in eurer Bibel steht? Nachdem der Herr Adam und Eva an der weiteren Apfelernte gehindert hatte, befahl er der Schlange: Auf deinem Bauch sollst du kriechen und Staub fressen dein Leben lang!

Na, wenn das nicht die klassische Erfindung des Staubsaugers ist!"

„Mit einem Wort", faßte Leyden zusammen, „kein Paradies ohne Schlange. Das wolltest du doch ausdrücken, Gucky?"

„Du sprichst mir aus der Seele."

„Ihr seid ja verrückt", murrte Tania. „Tyll, warum hast du mich eigentlich mitgenommen?"

„Weil ich dir mal einen Urlaubsausflug gönnen wollte", log Leyden. Gucky verzichtete seit einiger Zeit darauf, seine wissenschaftlich orientierten Gedanken zu lesen, aber er ahnte auch so, was Leyden wirklich beabsichtigte: die Reaktion einer „eingefleischten" Sternenlandbewohnerin zu beobachten!

„Distanz zehn Kilometer..."

Die riesige Halbkugel der Schirmkuppel, der Teil, der aus dem Boden aufragte, wuchs zu imposanter Größe vor ihnen auf. Leyden vergewisserte sich, daß die Funkbrücke zur EX immer noch stand. Dann nickte er dem Funker zu. „Versuchen Sie, auf einer zweiten Welle diese Konstruktion anzufunken. Hat sich die Strahlung verstärkt?"

„Unverändert..."

Die Energiekuppel wurde angefunkt. Es gab keine Reaktion. Aber inzwischen wurde sichtbar, was sich hinter den milchigen Energieschleiern verbarg.

Guckys Augen weiteten sich.

Der Pilot der Space-Jet stieß einen mißtönenden Pfiff aus. Nur Tyll Leyden lächelte. Es schien, als habe er genau *das* erwartet.

„Landen Sie direkt vor der Kuppel", befahl er.

11.

Auf dem Bildschirm vor Reginald Bull entstand Allan D. Mercants Gesicht. „Es hat keinen Zweck mehr“, erklärte er. „Nach neuesten Erkenntnissen dehnt sich die Sperrzone jetzt schneller aus. Ferngesteuerte Robotsonden verschwinden in immer geringerer Distanz zu Terra. Und auch auf der Erde selbst geht das Verschwinden von Menschen lustig weiter. Diese Sternenland-Agenten scheinen große Überredungskünstler zu sein.“

„Besteht Gefahr, daß die irdische Menschheit auf Terra ausstirbt?“ fragte Bully in mildem Spott.

Mercant winkte ab. „Ich weiß, daß Sie die Situation nur noch mit Hilfe der Ironie ertragen können. Trotzdem. Ich habe gerade mit Rhodan gesprochen.“

„Ich auch“, warf Bully ein. „Und ich fürchte, ich kann's nicht verhindern.“

Mercant räusperte sich. „Ich begreife nicht, weshalb Sie sich dagegen sperren. Es ist unumgänglich.“

„Ich sperre mich, weil ich erstens die Erde nicht in Panik stürzen will und zweitens einer der wenigen Menschen zu sein scheine, die die Hoffnung noch nicht verloren haben!“

„Träumerei. Finden Sie sich mit der Wirklichkeit ab, Bully. Die Realität sieht so aus, daß uns nicht einmal mehr die Fünf-Tages-Frist bleibt. In zwei Tagen spätestens, allen Erkenntnissen nach aber schon früher, trifft uns die Grenze der Verschwinde-Zone. Dann stürzen nicht mehr Raumschiffe und Sonden, sondern die Erde ins Nichts.“

„Um so schlimmer, vorher noch eine Panik auszulösen! Wir schaffen die Evakuierung doch ohnehin nicht“, polterte Bully.

Er fragte sich nach dem Sinn. Die Sternenland-Agenten würden kaum einzelne Menschen in ihr Universum holen, wenn sie vorhatten, die ganze Erde komplett zu schlucken. Das eine widersprach dem anderen, und er wies Mercant darauf hin.

„Wir vertreten die Ansicht, daß es sich bei der Zone im Weltraum um ein außer Kontrolle geratenes Experiment handelt. Vielleicht wurde es auch erst durch Leydens Experiment außer Kontrolle gebracht... Bully, der Countdown läuft. In vier Stunden ab jetzt wird Systemalarm für den Bereich Sol gegeben. Rufen Sie alle verfügbaren Einheiten Ihrer Explorerflotte zurück. Die Heimatflotte hat bereits Rücksturzbefehl erhalten, und Raumverbände, die nicht unbedingt irgendwo in der Galaxis Position halten müssen, ebenfalls. Wir müssen in der verbleibenden Zeit so viele Menschen wie möglich evakuieren. NATHAN übernimmt die Koordination. Bitte alle verfügbaren Einheiten Ihrer Flotte dorthin melden. Wir funken die Springer und Überschweren an und..."

„Machen sich zum Narren, verdammt", brüllte Bully los. „Ist Perry wirklich auf dieses idiotische Spiel eingegangen? Ich kann's nicht glauben!"

„Dann glaube ich es für Sie mit. Ende, Bully." Mercant schaltete ab. Bully wählte und rief Rhodan an, aber der Großadministrator hatte das Regierungsgebäude verlassen. „Verdammt", murmelte Reginald Bull und fuhr sich durch das dichte, kurzgeschnittene Haar. „Verdammt, hoffentlich machen wir uns nicht selbst alles kaputt."

Er schielte die Whiskeyflasche an, die im offenen Schreibtischfach stand. Aber das Teufelszeug konnte ihn nicht verlocken. Es schmeckte ihm im Augenblick einfach nicht!

Er mußte an Gucky denken. Lebte der Mausbiber noch?

Und wenn ja, in welcher Lage befand er sich?

12.

Längst hat die Ortung die Annäherung des kleinen Raumschiffs gemeldet. Es landet unmittelbar vor der Kuppel. Der Emotio-Bereich, das Irrationale, gerät in Aufruhr. Die neuen Bewohner des Planeten der Wandernden *haben die Kuppel und die Anlage gefunden. Doch können sie helfen?*

Oder sehen sie in der Hyperstrahlung nicht das, was sie wirklich sein soll, sondern eine Gefahr, und sind sie gekommen, um zu zerstören?

Mißtrauen. Furcht. Hoffnung.

Der Logiksektor macht sich wieder bemerkbar. Er empfiehlt, zu handeln. Der Vorschlag wird befolgt. Die bewegliche Einheit bereitet sich auf den Empfang der Fremden vor.

Sind sie es wirklich, die würdig sind, das Erbe der Wandernden *anzutreten?*

Die nächsten Stunden werden es weisen.

Leyden war der erste, der ausstieg. Tania Craven und Sir Karolus folgten ihm. Gucky teleportierte sich einfach ins Freie. Durch die milchigen Schleier des Schutzschirms sahen sie die gewaltige Konstruktion im abgesicherten Innenraum an.

„Viel größer als das Gebilde auf Terra... Tyll, hast du das etwa gewußt?“ fragte Gucky schrill.

Tania Craven und Sir Karolus schwiegen. Leyden hob die Schultern.

„Vermutet schon, seit ich weiß, daß in diesem Weltraum jeder Stern über eine Zyargoff-Komponente verfügt. Irgendwie muß diese Energie ja genutzt werden!“

Stonehenge lag vor ihnen!

Der doppelte Steinkreis von Stonehenge, dieses Wunderwerk frühkeltischer Kultur, das von Experten abwechselnd als Druidenheiligtum oder als Observatorium angesehen wurde! Bis heute war der wahre Zweck dieses sagenumwobenen Monumentalbauwerks nicht erkannt worden. Es gab ja auch nur mündliche Überlieferungen aus der Frühzeit, und die widersprachen sich von Generation zu Generation.

Zu all den Stonehenge-Rätseln kam jetzt ein neues hinzu: Wer hatte warum auf diesem Planeten ein zweites Stonehenge errichtet, fünfmal so groß wie das in Südengland? Und wie das Original, war auch diese Ausgabe der beiden konzentrischen Steinkreise nicht vollständig!

„Teilzerstört...", murmelte Tyll Leyden fast andächtig. „Verflixt, warum finden wir nicht irgendwo in der Galaxis mal ein komplettes Stonehenge?"

„Leyden, was wissen Sie?" drängte Sir Karolus.

„Haben Sie von der Existenz dieser Anlage wirklich keine Ahnung gehabt?" fragte Leyden. „Oder wollen Sie mich auf den Arm nehmen?"

Langsam fand Gucky seine Sprache wieder. „Ich habe das Stonehenge gesehen, diese ‚hängenden Steine' in England, aber diese Anlage hier ist anders zerstört! Hier fehlen andere Steine!"

Leyden nickte. „Du hast es also auch erkannt, aber es bedeutet nicht viel. Fest steht nur, daß auch diese Anlage ihre Funktion nicht erfüllen kann. Deshalb wimmelt es ja in diesem Universum auch von Zyargoff-Sternen... oder umgekehrt! Weil es diese Strahlung hier überall gibt und so unglaublich dicht, hat man diesen Riesentransmitter gebaut."

Knapp hundert Meter durchmaß die Anlage auf der Erde; über fünfhundert diese Konstruktion. Aber warum durchmaß dann der kugelförmige Schutzschirm, der tief in den Boden reichte, fünfzehntausend Meter?

Aus Sicherheitsgründen? Oder steckte noch viel mehr hinter der Anlage? Etwas, das sich dem menschlichen Auge entzog? Umsonst hatte man diese teilzerstörte Anlage bestimmt nicht hinter einem Schutzschirm versteckt.

„Das also ist unser Hyperstrahler! Oder sollen die Steine nur von dem Strahler ablenken? Vielleicht befindet sich eine riesige Maschinenanlage darunter."

„Dämlicher kann keiner etwas zu tarnen versuchen", sagte Sir Karolus schroff. „Nein, das ist etwas anderes."

„Wenn man nur hinein könnte", brummte Leyden und trat auf den Schirm zu. Er streckte die Hände aus.

„Paß auf!" schrie Tania und wollte ihn zurückreißen. Aber da berührte Leyden die Schirmfläche bereits mit beiden Händen.

Kein Blitz zuckte auf. Keine vernichtenden Energien verbrannten den exzentrischen Wissenschaftler zu Asche. Aber auch sein spöttisch gemurmeltes „Sesam, öffne dich!" blieb ohne Folge.

„Kleine Kinder müssen auch immer alles anpacken", lästerte Gucky. „Ist das wissenschaftliche Arbeit?"

Leyden ging nicht darauf ein. „Wie Gummi. Kaltes Gummituch", sagte er und drückte eine Delle in die milchige Wand. Die Schirmenergie federte wieder zurück wie elastische Materie. „Kälter als die Umgebung. Ich nehme an, daß der Schirm einen Teil seiner Energie der umgebenden Wärme entzieht."

Tania sah ihn überrascht an. Sir Karolus klopfte jetzt ebenfalls an das Schirmfeld.

„Glaubst du, daß dir jetzt einer aufmacht?" fragte Gucky.

„Kannst du nicht hindurchteleportieren?" wollte Leyden wissen.

„Ich kann alles", behauptete der Ilt. Er konzentrierte

sich und teleportierte sich ins Innere der Kuppel. Die Zurückgebliebenen sahen, daß er etwas sagte, aber der Energieschirm wirkte als Schallbarriere. Augenblicke später kam Gucky zurück.

„Schalldicht, wie?“ krähte er. „Aber für den größten Mausbiber des Universums kein Hindernis. Ich hatte erst befürchtet, er sei fünfdimensional oder so, aber das ist nur ein ganz einfaches Feldchen. Kommt mit.“ Er faßte nach Leydens und Tanias Händen.

„Aber die Hyperstrahlung“, wandte Tania Craven ein. „Da drinnen ist sie ungedämpft.“

„Sie ist ebenso unschädlich wie Kerzenlicht“, versicherte Leyden. Gucky brachte sie ins Innere der Kuppel, dann holte er Sir Karolus nach.

„Spürst du nichts dabei?“

Der Ilt schüttelte den Kopf. „Absolut nichts. Es ist, als wäre dieser Schirm gar nicht vorhanden. Wenn wir uns diese Felsklötze aus der Nähe betrachten wollen, sollten wir uns den langen Weg sparen und teleportieren.“

Niemand hatte etwas dagegen einzuwenden. Nacheinander brachte Gucky sie vor den äußeren Steinkreis. Die riesigen Megalithen, die emporragten, hatten etwas Bedrückendes an sich. Sie wirkten verwittert, jahrzehntausendealt.

Gucky brachte Karolus wieder als letzten.

Und im nächsten Moment waren sie zu fünft

„Huch!“ machte Gucky und sprang unwillkürlich einen Meter zurück. „Was stellst du denn dar?“

Das Wesen, das aus dem Nichts gekommen war, breitete die Arme aus. Aber es blieb stumm und ließ den anderen Zeit, es näher in Augenschein zu nehmen. Es war humanoid, wenn man einmal davon absah, daß seine Augen aus unzähligen, winzigen Facetten bestanden wie bei einem Insekt. Das Wesen war nackt und geschlechtslos, wirkte aber dennoch in sich harmonisch. Der haarlose Kopf neigte sich leicht. Im „nächtlichen“ Sternenlicht, das durch den milchigen Schutzschirm nicht gedämpft wurde, schimmerte seine Haut in metallischem Blau. Aber sie konnte kein Metall sein, weil sie geschmeidig und beweglich war. In den Facettenaugen leuchtete es schwach.

„Kannst du seine Gedanken erfassen?“ murmelte Leyden.

Der Mausbiber schüttelte den Kopf. „Entweder ist es mentalstabilisiert, oder es denkt überhaupt nicht. Da ist nur ein Grundmuster, aber das ist so... so unmenschlich, so unsagbar fremd.“

Der, die oder das Fremde hob die linke Hand und spreizte die Finger. „Ich grüße euch, Besucher der Welt der *Wanderer*“, sagte es.

Keiner der vier konnte sagen, welche Sprache das Wesen benutzt hatte. Und nicht einmal Gucky war sicher, ob es trotz der Lippenbewegungen überhaupt gesprochen hatte, so wie Menschen das Sprechen als Vorgang verstehen. Trotzdem hatte jeder von ihnen die Worte klar und deutlich wahrgenommen.

„Telepathie?“

Wieder schüttelte Gucky den Kopf. „Keine Para-Fähigkeiten, und auch sein Erscheinen war keine reinrassige Teleportation, wie wir sie kennen. Das war etwas anderes, so, als ob dieser Bursche sich an Raum und Zeit *vorbeigemogelt* hätte.“

„Das Sternenland heißt also hier Welt der Wanderer“, sagte Tania Craven mit ihrem Sinn fürs Praktische. Sie wandte sich an den Stahlblauen. „Du bist einer der Bewohner dieser Welt? Wie lautet dein Name?“

„Diese Vermutung ist falsch. Ich bin ein Exekutivteil

des Dienenden. Die *Wanderer* sind schon lange von unserer Welt verschwunden."

„Wohin, Exekutivteil?" fragte Karolus schnell.

„Sie gingen in das andere Sein", sagte der Stahlblaue – was immer dieses *andere Sein* auch sein mochte. „Seit jener Zeit wartet der Dienende. In dir sehe ich einen Wissensforscher", wandte er sich direkt an Tyll Leyden. „Willst du uns helfen?"

„Ich schnappe über", murmelte Sir Karolus. Gucky warf ihm einen verweisenden Blick zu. Tania Craven schob sich direkt neben Leyden.

„Exekutivteil ist zu lang", sagte sie. „Hast du etwas dagegen, wenn wir dich Steel nennen?"

„Kein Einwand", sagte Steel.

„Ich bin mir nicht sicher, ob ich helfen kann", sagte Leyden. „Eure Technik ist der unseren überlegen. Ich müßte zudem wissen, worum es geht. Und wir selbst brauchen auch Hilfe. Wir wollen diese Welt erforschen, aber sie auch so rasch wie möglich wieder verlassen. Sie bedeutet eine Gefahr für unsere Heimat."

„Das verstehen wir nicht", sagte der Stahlblaue.

Plötzlich baute sich Gucky vor ihm auf. „Aber ich verstehe das um so besser", sagte er schrill. „Ihr lockt Menschen in eure Falle, holt sie hierher, und mit diesem verdammten Riesenmond da oben macht ihr sie gefügig, daß sie in diesem toten Felsklotz mit ein paar Gräsern drauf ein Paradies sehen! Das ist Menschenraub! Das ist ein Verbrechen. Und das werde ich nicht zulassen."

„Du?" fragte Steel. „Du Wach-Tier der Aufrechtgehenden?"

Guckys Unterkiefer klappte herab. Was hatte dieser haarlose Stahlglanzbursche gesagt? Wach-Tier? Ein Tier?

Es hatte mal eine Zeit gegeben, ganz zu Anfang, da hatte Gucky sich selbst gern als Tier bezeichnet und war stolz darauf gewesen, weil er die Menschen nicht so ganz verstand. Aber darüber war er längst hinaus. „Ich werde dir zeigen, wer hier Tier ist“, schrie er und packte mit seinen telekinetischen Kräften zu. Diesem Stahlblauen würde er es zeigen! Wenn der ein paar Loopings hinter sich hatte...

Guckys Höhenflug platzte wie eine Seifenblase.

Mit seinen Para-Kräften konnte er den Stahlblauen nicht fassen. Gucky erreichte ihn einfach nicht. Es war, als fasse er in ein Loch.

Ins Nichts.

Und dieses Nichts verzog sein Gesicht jetzt zu einem menschlichen Lächeln. „Über diese Spielereien“, sagte es, „sind wir doch schon seit ein paar hunderttausend Jahren hinaus!“

Guckys Ärger wich der Überraschung. „Wie hast du das gemacht?“ fragte er interessiert. „Du hast mich nicht geblockt, und trotzdem konnte ich dich nicht fassen.“

„Weil ich auf eine ganz andere Weise existiere, als du mich siehst und ertasten könntest“, behauptete Steel.

„Du bist eine Projektion?“ fragte Leyden.

„Auch diese Bezeichnung trifft nur einen Teil der Wahrheit. Ihr würdet es nicht verstehen, was und wie ich bin. Nehmt es einfach so hin.“

„Erkläre uns, wie wir dir helfen können“, forderte Leyden. Er streckte den Arm aus und wollte sich an einen der riesigen Steine lehnen. Von einem Moment zum anderen war Steel neben ihm, ohne die Distanz mit Schritten zurückgelegt zu haben, und riß ihn zurück.

„Ihr dürft diese Steine nicht berühren", warnte er. „Es wäre euer Tod. Sie sind energetisch aufgeladen."

„Der Hyperstrahler", rief Leyden erschrocken.

„Also ist diese Energie doch gefährlich", trumpfte Tania auf. „Wir müssen hier weg."

„Die Energie ist nur in gebundener Form gefährlich", beruhigte Steel. „Wenn ihr mit mir kommt, werde ich euch erklären, worum es uns geht und warum das Sternenland überhaupt nach neuen Bewohnern sucht."

Leydens Armbandtelekom summte auf. Überrascht schaltete er es ein. Das Bild blieb unscharf, verzerrt von den Störeinflüssen des Schutzschirms. Er vernahm die Stimme des Space-Jet-Piloten.

„Es wird ernst, Leyden", krächzte der Pilot. „Der Oberst warnt. Es wurden starke Turbulenzen im Raum geortet. Diese Einbahnstraßenzone, durch die wir geschleudert wurden, ist plötzlich anzumessen. Und sie verändert sich."

13.

Zwei Stunden vor der Stunde Null entwickelte Bully eine Idee. Er rief Mercant an. „Geben Sie mir noch drei weitere Stunden", verlangte er. „Stoppen Sie den Countdown. Ich brauche Zeit!"

„Wozu?"

„Ich möchte etwas ausprobieren", rief der Staatsmarschall erregt. „Und dazu brauche ich diese Zeit! Vielleicht gelingt es uns, die sich ausbreitende Zone zu stoppen oder sogar zum Verschwinden zu bringen!"

Mercant verzog das Gesicht. „Glauben Sie noch an Wunder, Bully? Ich nicht."

„Auf die zwei, drei Stunden kommt es auch nicht mehr

an", fauchte Bully. „Wenn mein Versuch mißlingt, können Sie mich hinterher meinetwegen vor Gericht stellen, weil ich drei oder vier Menschenleben mehr auf dem Gewissen habe – ganz abgesehen davon, daß ich daran zweifle, daß uns der Übergang in diesen anderen Weltraum den Tod brächte. Aber ich brauche diese Zeit, Mercant. Muß ich Sie daran erinnern, daß ich Perrys Stellvertreter bin?"

„Sie müssen nicht, aber Rhodan hat den Alarm abgesegnet und..."

„Zwingen Sie mich nicht zur Palastrevolte", murmelte Bully. „In diesem Fall bin ich notfalls auch bereit, mich über *alles* hinwegzusetzen, solange ich noch eine Chance sehe, und wenn sie noch so klein ist, das Chaos und die Panik abzuwenden..."

Das war original Bully! Das war der Mann, der entscheidend am Aufbau der Dritten Macht und des Solaren Imperiums beteiligt war! Ein Mann, der auch mal Kopf und Kragen riskierte, wenn er seine Sache als richtig erkannt hatte!

„Das müssen Sie mit Rhodan abmachen", erklärte der Chef der SolAb.

„Und ob ich das werde", orgelte Bully. „Wo kämen wir hin, wenn der Geheimdienst mit seinen Vorschlägen die Welt regierte", und er grinste Mercant dabei an, damit der merkte, wie Bullys Bemerkung wirklich gemeint war. „Jetzt werdet ihr alle mal den guten alten Bully wieder in voller Aktion erleben!"

„Was haben Sie denn überhaupt vor, Bully?"

„Diese Verschwindibus-Zone stoppen und das Loch im All schließen!"

Bull schaltete ab, aktivierte das Gerät erneut und versuchte abermals, zu Rhodan durchzukommen. Wieder nichts. Bully verließ sein Büro und suchte den Freund persönlich auf. Ihn wagte im Vorzimmer niemand abzuwimmeln, aber man machte ihm klar, daß Rhodan sich auf Luna befand. „Schon vor zwei Stunden per Transmitter zu NATHAN gesprungen, um die Evakuierungsplanung an Ort und Stelle zu kontrollieren und..."

Das reichte Bull. „Warum hat man mir das nicht vorher gesagt?" erboste er sich.

Eine Viertelstunde später war er auf dem Mond. An jene Zeit, da sie zu viert in der guten alten STARDUST Tage brauchten, um Luna zu erreichen und dort den notgelandeten Forschungskreuzer der Arkoniden fanden, dachte er nicht mehr zurück. Heute war diese Distanz im wahrsten Sinne des Wortes ein Katzensprung.

Er fand Rhodan im Operatorzentrum, wo es von Computerexperten nur so wimmelte. Mit Vehemenz brach sich Bully seine Bahn und unterbreitete Rhodan seinen Plan.

„Versprichst du dir wirklich etwas davon, Bully?" fragte der Unsterbliche. „Vergiß nicht, daß wir Leyden nicht hierhaben, und Leyden ist der Experte..."

„Aber Leyden war damals nicht allein im Asoythsystem, und alle Daten müssen gespeichert sein. Himmel, Leyden kocht doch auch nur mit Wasser, und was der kann, müssen andere auch fertigbringen. Man muß nur erst mal die Idee haben..."

„Dicker, ich will dir jetzt einmal etwas zeigen", erklärte Rhodan und zog ihn mit sich zur großen Projektionswand. Die Falschfarbenprojektion zeigte die Gefahrenzone. „Du kannst zusehen, wie der Bereich wächst, dieses Loch im Universum! Schau dir die Ausbreitungsgeschwindigkeit an. Eine Stunde zusätzlich können wir gerade noch verantworten, aber dann *müssen* wir evakuieren. Wir werden die Großtransmitter freigeben..."

„Eine Stunde?“ Bully klatschte die Faust in die hohle Hand. „Dann werde ich euch allen etwas vorzaubern...“

Abermals eine Viertelstunde später war er wieder in Terrania. Er bemühte sich nicht selbst ins Forschungszentrum. Die Telekomverbindung reichte ihm. „... ja, Doktor Katrin Calvert brauche ich! Sofort! Mir egal, ob sie beschäftigt ist oder gerade in Leydens Angedenken frühstückt...“

Wenn Bully „sofort“ sagte, meinte er das auch. Minuten später tauchte die dreißigjährige Physikerin am Bildschirm auf.

„Ich weiß zwar nicht, weshalb ich jetzt erst darauf gekommen bin“, eröffnete Bully, „aber ich gehe davon aus, daß dieses Zonenwachstum des Weltraumlochs erst begann, als Leyden sein Zyargoff-Experiment durchführte. Doktor, Sie bekommen das Kommando über zehn Raumer, die innerhalb von einer Stunde so umgebaut zu werden haben, daß mit ihnen die Zyargoff-Strahlung emittiert werden kann. Und damit werden Sie versuchen, eine Übersättigung der Raumzone herbeizuführen! Das verdammte Loch muß sich daran verschlucken und sich schließen.“

Katrin Calvert starrte ihn entgeistert an wie einen Wahnsinnigen. „Bull, Sie sind ja noch verrückter als dieser Leyden.“

Er ließ den Vorwurf auf sich sitzen. „Und Sie sind nach Leyden diejenige, die sich am besten mit dem Zyargoff-Phänomen auskennt, weil Sie im Asoythsystem als Leydens rechte Hand fungierten... Sie haben Zugriff zu allen verfügbaren Daten. Die Ihnen zugeteilten Raumschiffe sind...“, und er schnarrte die Namen der Raumer herunter, die auf seiner Liste standen und die er gleich noch anzurufen hatte. „Ausführung!“

Knapper konnte ein Befehl nicht mehr abgefaßt werden. Katrin Calvert protestierte. „Bull, wir sind keine Zauberkünstler und...“

„Ausführung!“ wiederholte Bull im Brüllton. „Eine Stunde! Wenn Sie's früher schaffen, regnet es Orden wie Sterntaler vom Himmel.“

Damit brach die Telekomverbindung zusammen. Bull atmete tief durch.

Hoffentlich, dachte er, *bin ich wirklich noch verrückter als Leyden, und hoffentlich gelingt es uns wirklich, eine Übersättigung herbeizuführen!*

Dr. Katrin Calvert hätte Bully am liebsten den Hals umgedreht. Sicher, sie hatte damals mit Leyden zusammengearbeitet, aber doch nur die Hälfte von dem begriffen, was er verstanden hatte. Und jetzt sollte sie Leydens Experiment wiederholen – im großen Stil!

Aber sie wuchs über sich hinaus, als sie von Huan Cheng erfuhr, wie es um die Erde bestellt war.

Sie verlagerte ihren Arbeitsplatz in die Zentrale der EX-2222, die als Flaggschiff des Verbandes fungierte. Explorer-Typen waren schon immer für Umbauten dieser Art am geeignetsten gewesen, weil diese Schiffe nicht nur in den Sternendschungel hinausjagten, um ihn zu erforschen und zu katalogisieren, sondern weil hier auch wirklich experimentiert wurde.

Unaufhaltsam verrann die zur Verfügung stehende Zeit. Fehler wurden gemacht, wieder erkannt und ausgebügelt. Plötzlich hatte Calvert ihren lichten Moment, wie ihn vorher schon Bully erlebte, und sie begriff, daß es nur eine Möglichkeit gab, das Experiment durchzuführen.

Von da an wurde es einfacher, wenngleich auch außer ihr nur noch zwei oder drei Leute begriffen, warum die Umbauten und Umschaltungen an den Konvertern so und nicht anders durchgeführt werden durften.

Dennoch kamen sie mit einer Stunde nicht aus.

Nach siebzig Minuten startete die Flotte der zehn Explorer-Schiffe, und noch immer wurde an Bord wie wahnsinnig gearbeitet. Die Flüche und Verwünschungen reichten für ein halbes Jahrhundert im voraus. Schweißüberströmte und erschöpfte Menschen gaben ihr Letztes. Die Zeit saß ihnen als unerbittlicher Feind im Nacken – die Zeit, die nicht allein vom Countdown bestimmt wurde, sondern von der rapiden Ausdehnung des eigenartigen Loches im Weltraum.

Die Raumschiffe bezogen ihre Positionen. Die Bordpositroniken rechneten die genauen Daten. Piloten, von denen das Äußerste an Fingerspitzengefühl verlangt wurde, versuchten, die Raumer mit dem Impulsbild in Deckung zu bringen. Und weiter tropfte die Zeit davon.

Zwei Menschen fieberten dem Versuch entgegen: auf der Erde Reginald Bull und im Weltraum an Bord der EX-2222 Dr. Calvert. Was geschah, wenn es keine Übersättigung gab, sondern sich die Zone explosionsartig ausdehnte und die zehn Schiffe verschlang wie zuvor die EX-2115?

Und mit ihnen die Erde?

Dr. Calvert schüttelte sich wie ein nasser Hund, als könne sie diese bedrückende Vorstellung damit von sich abwerfen. Ihre Stimme war heiser, als sie den Befehl durchgab: „Feuer!“

In zehn Schiffen, kugelförmig um die Zone verteilt, begannen die Antennen zu glühen und künstliche Zyargoff-Strahlung zu emittieren. Dr. Calvert hielt den Atem an.

Was kam jetzt?

Der große Panoramaschirm der EX-2115 zeigte den Weltraum in fünf Lichtstunden Entfernung vom Sternenland. Die überlichtschnelle Fernortung tastete nach dem unfaßbaren Geschehen und holte es zeitverlustfrei in die Zentrale des gelandeten Explorers.

Der übermüdete Oberst Herzog rieb sich die Augen.

Aus dem Realbild war eine Symbolprojektion geworden. Zum erstenmal ließen sich die Ränder der Zone klar anmessen!

„Himmel, die ist ja riesig geworden! Die muß ja drüben in unserem Weltraum die Erde fast schon erreicht haben...", keuchte jemand entsetzt.

Pausenlos wurden Daten eingeblendet, die jeder ablesen konnte. Die Positronik analysierte die Ortungswerte und brachte sie den Menschen halbwegs verständlich nahe. Drei Astrophysiker hatten die beiden Offiziere am Datenterminal der Positronik verdrängt und gaben ständig neue Programme ein.

„Die Zone verändert sich in ihrer Struktur..."

„Was heißt das?" schnarrte Herzog.

„Wissen wir noch nicht..."

Der Oberst winkte ab. „Was wißt ihr Eierköpfe eigentlich wirklich? Verdammt, ist denn außer Leyden niemand in der Lage, Zusammenhänge zu erkennen? Wird diese Veränderung uns gefährlich?"

„Starke Zyargoff-Strahlung wird frei! Sie kommt eindeutig von der *anderen* Seite... als ob da jemand hindurchschösse!"

Die Zahleneinblendungen der Positronik faßten die Energiewerte in Werte. Herzog erschauerte. „Sollte diese Strahlung die Veränderung auslösen? Ob da jemand unser Wahnsinnsexperiment wiederholt? Dann aber in großem Stil. Die sind ja verrückt! Die reißen dieses verdammte Loch ja nur noch weiter auf!"

Eine eiskalte Hand preßte sich um sein Herz. Er war ratlos. Sie konnten nichts tun. Sie waren hier quasi gefangen. Konnten nicht mehr zurück, außer mit Hilfe der Sternenlandbewohner, und auch nur unter Aufgabe ihrer Raumschiffe.

Da schrie einer der Astrophysiker an der Positronik, und die beiden anderen schafften es nicht, ihn zum Schweigen zu bringen: „Das Raum-Zeit-Gefüge bricht zusammen... das Raum-Zeit-Gefüge bricht zusammen..."

14.

Tyll Leyden und seine Begleiter befanden sich nicht mehr draußen vor der Konstruktion aus „hängenden Steinen". Steel hatte die Gruppe in eine große Schaltzentrale gebracht, indem er sie mit sich nahm und sich dabei wieder „an Raum und Zeit vorbeimogelte", wie Gucky es nannte.

Die Schaltzentrale lag unter der Planetenoberfläche, aber in welcher Tiefe, wagte niemand zu schätzen. Es gab keine Anhaltspunkte. Aber allem Anschein nach wurde von hier aus die Stonehenge-Anlage mit ihrer Hyperstrahlung gesteuert.

Die Zentrale war fast zehnmal so groß wie die eines terranischen Superschlachtschiffs. Um so bedrückender die gähnende Leere darin. Weder Lebewesen noch Roboter gab es hier, die die Anlage beaufsichtigten und bedienten. Holografische Projektionen zeigten Maschinensäle, Ausschnitte der Planetenoberfläche und Städte, in denen sich Menschen bewegten; auch Weltraumansichten waren darunter. Hin und wieder wechselten Bilder in lautloser Folge. Aber außer den Besuchern gab es niemanden, für den sie gezeigt wurden!

„Das hier ist Sternenlands Herz“, kommentierte Steel. Er stand zwischen zwei großen Projektionen neben einem Schaltpult. Wie selbstverständlich ließ Leyden sich in einem schwebenden Schalensitz nieder, der eigens für Menschen konstruiert zu sein schien. Gucky teleportierte sich auf einen Aggregatvorsprung und betrachtete alles aus luftiger Höhe. Tania Craven und Sir Karolus wanderten durch die riesige Zentrale und nahmen die Eindrücke in sich auf.

„Berichte“, verlangte Leyden. „Was ist dieses Sternenland wirklich? Wer hat das alles hier erbaut? Wohin sind die Erbauer verschwunden und warum? Und wie können wir euch helfen?“

Steels Augen glühten stärker. Die einzelnen Facetten schienen das schattenlose Licht der Zentrale sprühend zu reflektieren.

„Vor langer Zeit“, begann er, „beschlossen die *Wanderer*, sich im Weltraum umzusehen. Sie wollten nicht mehr auf ein Sonnensystem beschränkt bleiben. Also versahen sie ihren Planeten mit einem Antrieb und machten sich auf die Reise durch Galaxien und Dimensionen. Die benötigten Energien, vom Katalysator verarbeitet, gibt es in jeder Galaxis und in jedem Kontinuum in größeren oder kleineren Mengen in den Sonnen selbst. So war dem Sternenland keine Grenze gesetzt. Millionen von Jahren bewegten sich die *Wanderer* von einem Ort zum anderen.

Sie schauten die Wunder des Kosmos und der Schöpfung und lernten, aber sie vergaßen auch, denn niemand kann unbegrenzt Eindrücke speichern. Woher sie einst kamen, ist im Dunkel der Vergangenheit nicht mehr zu erfassen. Vielleicht war es sogar dieses Universum. Wer mag es wissen?

Irgendwann jedoch wurden sie des Reisens überdrüssig, und sie gingen in das andere Sein.“

„Sie starben aus“, flüsterte Tania. „Das war es, nicht wahr?“

„So nennt ihr es wohl.“ Steel nickte. „Seit jener Zeit ist das Sternenland leer und tot. Es gibt nur noch pflanzliches Leben, denn auch die Tiere waren *Wanderer* wie die Intelligenzen selbst, gleich, welcher Rasse sie entstammten.“

Gucky warf von seiner Aussichtsplattform ein: „Heißt das, daß diese *Wanderer* sich aus verschiedenen Völkern zusammensetzten?“

„Ja. Es kam immer wieder zu Kontakten, und Fremde beschlossen Freunde zu werden und sich der Reise anzuschließen. Doch das ist lange vorbei. Seit die *Wanderer* in das andere Sein gingen, kam niemand mehr ins Sternenland.

Doch der *Dienende* setzte die endlose Reise fort. Er steuerte das Sternenland weiter.“

„Wer ist der Dienende?“

„Eine – wie würdet ihr sagen – pseudomaschinelle/pseudoorganische Intelligenz, von den *Wanderern* konstruiert, um ihnen die Koordinationsarbeit abzunehmen.“

„Ein Rechengehirn“, flüsterte Sir Karolus.

„Mehr als das, Terraner. Ich selbst als Exekutivteil bin ein Gedankenbild des *Dienenden*. Doch das tut nichts zur Sache.

Vor kurzem strandete das Sternenland hier. Der Antrieb ist defekt, und wir sind nicht in der Lage, ihn wieder zu reparieren. Aus diesem Grund beschlossen wir, mit den verfügbaren Restenergien ein Tor in den benachbarten Weltraum zu stoßen. Wir hofften, daß es dort Intelligenzen gäbe, die unserem Ruf folgten und das Sternenland besuchten. Einerseits, um uns zu helfen, andererseits aber, um bei uns zu leben und mit auf die große

Reise zu gehen. Denn so, wie viele von euch innerlich einsam sind, sind wir es insgesamt. Ein leeres Sternenland kann uns nicht gefallen. Wir brauchen Leben um uns herum, dem wir dienen können."

„Warum habt ihr nicht versucht, hier, in diesem Universum, Hilfe zu finden?"

„Die hiesigen Planeten sind räumlich zu weit von uns entfernt. Das Durchbrechen der Weltenschranke war einfacher. Für uns ein Kinderspiel; zudem ist dieses Universum tot. Wir konnten kein intelligentes Leben wahrnehmen. Vielleicht liegt es an der Dichte der Sterne, daß sich kein Leben entwickeln konnte. Ihr wart unsere einzige Chance, und ich glaube fest daran, daß ihr uns helfen könnt."

„Ein Roboter, der an etwas glaubt", murmelte Sir Karolus kopfschüttelnd.

„Die Wunder der Schöpfung sind unerschöpflich", piepste Gucky. „Steel, warum hat der *Dienende* beziehungsweise du als Exekutivteil diese Weltraumfalle aufgebaut? Warum habt ihr Terra nicht einen offiziellen Besuch abgestattet und uns um Hilfe gebeten?"

Steel rang sich ein menschliches Lächeln ab.

„Weil wir euch kennen, Wach-Tier der Aufrechtgehenden. Ihr hättet uns mit jenen überschwemmt, die nicht in diese Welt gehören. Nicht jeder ist geeignet, das Sternenland so zu nehmen, wie es ist, und seine Annehmlichkeiten zu genießen. Ihr Terraner seid innerlich noch zu unreif. Ihr wollt alles verändern, Grenzen überschreiten, aber damit würdet ihr Sternenland zerstören."

„Das ist doch nicht alles", sagte Gucky mißtrauisch. „Wenn du uns so gut kennst, Alter, dann müßtest du auch wissen, daß sich über so etwas immer reden läßt!"

„Deine Vermutung ist richtig. Weder der *Dienende* selbst noch ich, der als sein Gedankenimpuls an ihn gebunden ist, können Sternenland verlassen."

„Das erklärt natürlich alles. Trotzdem – ihr hättet die Situation schon viel eher aufklären können“, sagte Leyden.

„Wir begingen einen Fehler“, gestand Steel.

„Schön“, sagte Leyden. „Und was erwartet ihr jetzt von uns? Daß wir den defekten Antrieb reparieren? Wie kommt der *Dienende* darauf, daß ausgerechnet wir dazu in der Lage sind?“

Steels Facettenaugen wurden stumpf.

„Weil wir bei unserer Fernbeobachtung sahen, daß sich auf eurer Welt eine verkleinerte Ausgabe des Sternenland-Antriebs befindet“, sagte der Stahlblaue.

„Stonehenge!“ schrie Tania Craven.

Sir Karolus pfiff durch die Zähne. In Leydens Augen entstand ein eigentümlicher Glanz, einziges Zeichen seiner Erregung, als er flüsternd hervorstieß: „Ich *wußte* es!“

„Deshalb hoffen wir auf eure Hilfe“, sagte Steel.

„Aber das ist doch Spinnerei“, warf Gucky ein. „Diese Stonehenge-Megalithen bei uns – sie sind ein Relikt einer frühen terranischen Kultur, nicht mehr! Von Technik keine Spur. Wie denn auch? Es gibt keine Maschinen, keine Energieerzeuger...“

Leyden sah zu ihm hinauf. „Gucky, müssen Maschinen und Energieerzeuger immer so aussehen, wie wir sie uns vorstellen? Kann nicht alles auch mal ganz *anders* sein? Seit einiger Zeit versuche ich nachzuweisen, daß Stonehenge Transmitter-Funktion hatte! Und wie ich sehe, liege ich da hundertprozentig richtig...“

„Phantasterei“, behauptete Gucky. „Ich glaub’s nicht...“

„Albert Einstein hat einmal gesagt, daß Phantasie wichtiger als Wissen sei. Recht hatte er, der alte Knabe, und an der zunehmenden Phantasielosigkeit wird unser

Weltbild noch einmal zusammenbrechen", murrte Leyden. „Bin ich denn der einzige, der es noch schafft, unkonventionell zu denken? Meine Phantasie spielen zu lassen und mit dem unmöglich Erscheinenden zu operieren?" Plötzlich brach es aus ihm heraus, was er jahrelang in sich verborgen hatte. „Verdammt, immer wieder haltet ihr mich für einen Spinner, wenn ich etwas Neues ausbrüte! Das war so, als ich Faltons Theorie wiederentdeckte, das ist jetzt so, wo ich in Stonehenge eine Transmitteranlage sehe, das war bei Asoyths Stern so, als keiner außer mir sehen wollte, warum die Sonne entartete. Und jedesmal hatte ich recht!"

„Galilei auch", murmelte Tania.

Leyden beruhigte sich wieder etwas. „Okay", brummte er. „Aber wenn ich auch die Funktion erkannt habe, so doch nicht die Arbeitsweise. Wie kann ich eine Maschine reparieren, die ich nicht kenne, Steel? Ich brauche Zeit, und gerade die, fürchte ich, habe ich nicht."

Wie recht er doch hatte! Sein Armbandtelekom summte schon wieder. Auch hier in der unterplanetaren Schaltzentrale war er, wenn auch mit den schon bekannten Verzerrungen im visuellen Bereich, erreichbar. Der Space-Jet-Pilot war wieder in der Phase, und was er ihnen zuschrie, ließ sie erstarren.

„Herzog gibt Alarm! Die EX-2115 wird auf einen Notstart vorbereitet! Leyden, ihr müßt sofort zurück. Das Raum-Zeit-Gefüge bricht auseinander. Es zerreißt uns alle, wenn wir nicht schnell genug wegkommen. Rot-Alarm, Leyden!"

Leyden faßte sich als erster, und er ahnte, welche Hilfsmittel ihm hier unten notfalls zur Verfügung standen. „Steel, ich brauche eine Telekomverbindung zu meinem Schiff! Sofort..."

Der gedankliche Roboter drehte leicht den Kopf, sah eine der Holografien an, und die wechselte ihre Wiedergabe. Von einem Moment zum anderen, unbehindert von den Störstrahlungen des Kugelschirms, sahen die Menschen in den Leitstand der EX-2115. Und sie sahen die Menschen in der Zentrale erschrocken zusammenfahren.

Woher sollten sie auch ahnen, daß die Supertechnik der *Wanderer* die Sichtsprechverbindung direkt auf den großen Panoramaschirm geschaltet hatte und dort statt des Weltraum-Computerbildes jetzt die Schaltzentrale des Sternenlands zu sehen war?

„Oberst, was ist los? Das Raum-Zeit-Gefüge bricht?"

Herzog faßte sich schneller als alle anderen. „Leyden, es bricht nicht – es zerreißt! Auf der anderen Seite muß experimentiert worden sein, und jetzt fliegt uns hier alles um die Ohren. Sie haben fünfzehn Minuten, um an Bord zu kommen. Notfalls geben Sie die Space-Jet auf und lassen sich von Gucky teleportieren. In fünfzehn Minuten lege ich die EX-2115 unter einen doppelten HÜ-Schirm, und dann geht's per Notstart ab. In spätestens zweiundzwanzig Minuten sind die ersten Schockfronten hier, die den ganzen Planeten zerfetzen werden. Sie bewegen sich mit Überlichtgeschwindigkeit..."

Tania Craven schrie auf.

Leyden blieb eiskalt. „Dann kommen Sie auch nicht mehr weg, Oberst, oder haben Sie vergessen, daß der Kalup explodiert, sobald er eingeschaltet wird? Für uns gibt es hier keine Überlichtgeschwindigkeit mehr, aber ich bin fest überzeugt, daß das Sternenland sicher ist! Hier fliegt nichts auseinander."

Plötzlich war Steel dicht neben ihm.

„Terraner, du irrst. Der *Dienende* hat soeben seine Berechnung abgeschlossen. Die Schockwellen werden auch das Sternenland zerstören. Wir sind verloren."

15.

Atemlos verfolgte Dr. Calvert das Geschehen im Raum, und über den großen Funkstrahl verfolgten auf der Erde Bully und einige andere Verantwortlichen die Life-Übertragung mit.

Zehn Kugelraumer jagten aus ihren Antennen Zyargoff-Strahlung in den gigantisch ausgedehnten Null-Raum und versuchten ihn mit Energie zu übersättigen! Titanische Energien rasten ins Nichts. Wo Leyden nur mit drei Konvertern arbeitete, ließ Calvert pro Schiff deren zehn Kraft liefern.

Was kam jetzt?

Kam jetzt das ganz große Verschwinden?

„Ortung spricht an! Wir können den Raum jetzt mit der Energietastung erfassen!" rief jemand. „Der Raum verändert sich!"

„Ausdehnungsfaktor?"

„Negativ! Oder...? Nein... doch, ja! Ausdehnung negativ! Das *Loch* schrumpft! Es... bei Guckys Zahn – was ist das?"

„Bitte eine klare Ausdrucksweise", verlangte Dr. Calvert.

„Das *Loch* kippt! Es kippt!"

Über die Funkstraße von der Erde schaltete sich Bully ein. „Was heißt das?" schrie er.

„Es polt sich um", lieferte Dr. Calvert die Erklärung. Vor sich an den Anzeigen der Instrumente sah sie, was draußen im Weltraum geschah. „Es geht jetzt in die andere Richtung... ist für uns ungefährlich geworden! Nun kann nichts mehr verschwinden, höchstens etwas ausgespuckt werden. Und es schrumpft weiter, aber langsam... ganz langsam..."

Auf Terra atmete ein bulliger, untersetzter Mann mit rotem Bürstenhaar hörbar auf.

„Bestrahlung einstellen“, befahl Katrin Calvert. „Weiter Daten aufnehmen.“

Die zehn Explorer stellten ihren Beschuß ein. Keine neuen Z-Energien fluteten mehr in das Loch im All, das seine Polarisierung umgekehrt hatte. Die Minuten strichen dahin, während die Positroniken arbeiteten. Dann flüsterte Calvert: „Wir haben es geschafft. Der Schrumpfprozeß geht weiter, die Übersättigung ist eingetreten! Das verdammte Ding wird nur noch ein paar Tage existieren und sich dann endgültig schließen.“

Der aufbrandende Jubelsturm schluckte ihre weiteren Worte.

Auf der Erde sprach Reginald Bull ein Todesurteil aus: „Jetzt wird die Flasche geköpft! Die erlebt den Abend nicht mehr! Mercant, halten Sie ein paar Gläschen mit?“ Und dabei schwenkte er die Whiskeyflasche durch die Luft. „Erstklassige Qualität, original schwarzgebrannt und unversteuert!“

„Will ich erblinden?“ murmelte der Chef der SolAb. „Hören Sie, Bully – ich gönne Ihnen diesen Sieg von Herzen, bloß möchte ich wissen, wie Sie darauf gekommen sind! Diese Übersättigung...“

Bully grinste von einem Ohr zum anderen. „Man geruhte sich inspirieren zu lassen“, verkündete er. „Ich habe mich nur ein wenig erinnert. Denken Sie an das Suprahet, Allan. Damals war Leyden der Mann, der auf die Idee kam, den Riesenplaneten Herkules samt seinem gesamten Sonnensystem durch Gravitationsbomben zu übersättigen und in den Hyperraum zu schleudern – Sie erinnern sich noch, daß das Suprahet ja durch Gravitationsimpulse auf Hyperbasis vom Planeten Eysal aus aktiviert wurde. Na, und dieser

Übersättigungseffekt fiel mir wieder ein. Und da habe ich einfach beschlossen, Leydens Idee zu kopieren. Es hätte aber auch alles schiefgehen können."

„Aber es klappte", murmelte Mercant. Er deutete auf die Whiskeyflasche. „Denken Sie daran, Bully, daß Sie Retter der Erde und damit ein Held sind. Helden besaufen sich nicht, das entspricht nicht den Idealvorstellungen."

Bully tippte sich an die Stirn. „Das ist Haarwuchsmittel", erklärte er ernsthaft. „Bei all dem Streß sind mir fast alle Haare ausgefallen, und die muß ich jetzt wieder nachwachsen lassen. Das geht nur mit dem Zeug hier." Er kehrte den Barbaren heraus und nahm den Schluck direkt aus der Flasche, deren Pegel sehr beängstigend sank. Bully machte das nichts aus; er vertrug eine gehörige Portion, und wirklich betrunken hatte ihn noch niemand gesehen. Er hörte immer noch rechtzeitig auf.

„Haarwuchsmittel, soso", brummte Mercant und betrachtete Bullys rostrote Stoppeln. „Sie möchte ich wirklich einmal mit 'ner Atlan-Mähne erleben! Aber wenn Sie genug von dem Gesöff niedermachen, klappt's ja vielleicht."

„Im Ernst?" staunte Bully.

„Wissenschaftlich erwiesen", erklärte Mercant auf dem Weg zur Tür. „Bis Sie aus dem Superrausch wieder erwachen, ist so viel Zeit vergangen, daß das Haar lang genug geworden ist."

Bully seufzte. „Alle sind gegen mich. Und dabei bin ich ein Held. Wenn Gucky das sehen könnte..."

Und da schmeckte ihm der Whiskey nicht mehr. Gucky! Was mochte mit ihm geschehen sein? Gab es für ihn noch eine Rückkehr, oder fand er in der anderen Dimension den Tod?

Dabei konnte Bully nicht einmal ahnen, was die Übersättigung des Weltraumlochs auf der *anderen* Seite wirklich anrichtete...

16.

Tyll Leyden unterbrach die Verbindung zur EX-2115 und drehte sich langsam um. In seinen Augen blitzte es.

„Wir sind erledigt“, sagte Tania Craven brüchig. „Wenn nicht einmal die Supertechnik hier vor den Schockwellen schützen kann...“

Leyden trat vor Steel und tippte ihm mit dem Zeigefinger vor die stahlblaue Brust. „Die Stonehenge-Konstruktion ist also der Sternenantrieb, mit dem der Planet samt seinem unverschämt großen Mond bewegt wurde, ja?“

„Das ist richtig“, erwiderte Steel.

„Und das Ding ist defekt. Warum? Ich tippe auf einen mechanischen Defekt. Die Steine stehen nicht mehr so, wie sie einst standen. Das ist es, ja?“

„Der doppelte Steinkreis muß vollständig sein“, sagte Steel.

Leyden grinste plötzlich. „Na dann... dann brauchen wir die paar Steinchen ja bloß aufzurichten und wieder zusammenzufügen. Konntest du das nicht selbst mit eurer Supertechnik?“

Steel schüttelte den Kopf. „Es ist unmöglich. Die Steine sind mit Energie geladen und können weder von einem Gedankenimpuls meiner Art noch von mechanischen Einheiten berührt werden, ohne daß diese sofort zerstört werden.“

„Und wenn man Roboter in Energieschirme steckt...“

„Es rettet sie nicht“, sagte Steel. „Die in den Steinen

befindliche Katalysatorenergie entlädt sich bei Berührung jedweder Art spontan. Deshalb ist diese Anlage auch von einem Sperrschirm geschützt. Nicht einmal ein aus dem Weltraum kommender Meteorit darf die Steine berühren."

„Na, wenn das alles ist", murmelte Leyden. „Traktorstrahlen! Das müßte doch gehen!"

Steel zögerte einige Sekunden. Offenbar brauchte der *Dienende* geraume Zeit, das Problem rechnerisch zu verarbeiten. Dann bestätigte Steel. „Es ist möglich."

„Die Space-Jet, die draußen steht... Der Schirm muß kurz abgeschaltet werden, damit sie einfliegen kann. Mit den Traktorstrahlen müßte das Gefüge der Steine wieder zusammenzusetzen sein. Wie sind die Blöcke überhaupt auseinandergefallen?"

„Durch ein planetares Beben."

Leyden betätigte seinen Armbandtelekom. „Leyden an SJ-12. Over! Leyden an SJ-12! Over!"

Doch die Space-Jet meldete sich nicht.

„Hören Sie", warf Sir Karolus ein. „Weshalb wollen Sie jetzt noch versuchen, diesen Planetenantrieb... diesen Riesentransmitter zu reparieren? In ein paar Minuten ist für uns alle doch alles vorbei!"

Leyden zuckte nur mit den Schultern und setzte seine Bemühungen fort, die SJ-12 zu erreichen. Tania Craven übernahm die Beantwortung für ihn.

„Weil wir dann vielleicht noch eine Chance haben, mit Überlichtgeschwindigkeit abzurauschen", sagte sie.

Leyden nickte jetzt. „Ich bin sicher, daß diese Katalysatorenergie in den Steinen mit der Zyargoff-Strahlung arbeitet. Das ist die einzige Möglichkeit, in diesem Kontinuum schneller als das Licht zu fliegen und unsere einzige Chance. Verdammt, was ist denn mit der Space-Jet?"

„Da", sagte Steel und deutete auf eine der Holografien. Sie zeigte die EX-2115 an ihrem Landeplatz, aber auch eine Space-Jet, die auf den Forschungsraumer zujagte.

„Diese Feiglinge", schrie Sir Karolus, der einiges von seiner britisch-steifen Würde verlor. „Hauen einfach ab und lassen uns im Stich!"

„Es ist doch egal, wo sie sterben", flüsterte Tania hilflos.

Leyden blickte auf sein Chrono. „Noch sechzehn Minuten", sagte er.

„Das reicht nicht mehr", murmelte Gucky von seiner hohen Warte aus. „Selbst wenn Herzog mit dem ganzen Stahlfußball startet und einzugreifen versucht, schafft er es einfach nicht mehr. Er kommt nicht in sechzehn oder fünfzehn Minuten um den halben Planeten herum. Nicht mit dem Riesenschiff. Und bis Space-Jets ausgeschleust sind, die schnell genug wären, ist auch alles vorbei."

„Tja, das war's dann wohl", murmelte Tania. „Tyll..."

In diesem einzigen Wort lag alles, was sie in diesem Augenblick empfand.

Aber Tyll erreichte diese emotionale Botschaft nicht. Er sah zu Gucky hoch. „Komm, Alterchen", sagte er. „Wir haben zu tun! Keine Müdigkeit vorschützen. Ich hoffe, du bist fit!"

„Immer", versicherte der Ilt, der, ohne Tylls Gedanken zu lesen, erkannte, was verlangt wurde.

„Tyll, was hast du jetzt noch vor?" schrie Tania. „In ein paar Minuten geht hier alles zu Ende, und du willst noch..."

„Steel, sorge dafür, daß das Sternenland einen Notstart vornehmen kann", sagte Leyden nüchtern. „Komm, Gucky..."

Er streckte die Hand aus.

Gucky teleportierte zu ihm, griff nach der Hand und war im nächsten Moment mit Leyden verschwunden.

„Der ist ja wie verwandelt", murmelte Sir Karolus. „Die ganze Zeit über war mir, als wollte er im Gehen und Stehen einschlafen, und jetzt wird er zum Hektiker..."

„Er ist ein Narr", stöhnte Tania Craven. „Sieht er denn nicht, daß ich ihn jetzt brauche? Ich liebe ihn doch..."

Sie sank in den Schalensitz, der noch warm von Tyll Leydens langem Sitzen war. Sie barg das Gesicht in den Händen, aber es war ihr nicht anzusehen, ob sie weinte.

Die Zeitanzeige des Chronometers sprang unerbittlich weiter.

Noch dreizehn Minuten bis zum Eintreffen der Schockfront!

„Wir können nicht auf Leyden warten", sagte Herzog dumpf. „Notfalls kann er uns noch mit Guckys Hilfe erreichen."

„Durch den doppelten HÜ-Schirm?" fragte der Erste Offizier.

Herzog zuckte mit den Schultern. „Bereiten Sie den Start vor", befahl er.

Der Bildschirm zeigte die Stadt. Dort machte niemand Anstalten, zu fliehen. Die Sternenland-Bewohner waren von der EX-2115 über das bevorstehende Unheil unterrichtet worden. Doch niemand dachte daran, sich an Bord des Explorers oder eines der drei anderen Schiffe zu begeben.

„Startbereitschaft liegt vor. Space-Jet SJ-12 eingeschleust. Leyden und Begleitung sind nicht an Bord."

Oberst Thomas Herzog schluckte schwer.

„Start", befahl er spröde.

Die EX-2115 sprang den Himmel an.

Tyll Leyden und Gucky standen draußen vor der Anlage aus riesigen Steinen, die eigentlich keine Steine waren. Der Mausbiber stützte sich auf seinen Breitschwanz und besah sich die Sache.

„Wieviel Zeit habe ich, Alter?"

„Zwölf maximal. Jetzt noch elf Minuten", sagte Leyden. „Eine Minute Ansprechzeit für den Transmitter."

„Es gibt nichts, was ein Gucky nicht kann", sagte der Ilt. „Schließlich bin ich einmalig im Universum. Du mußt mir nur sagen, welchen Stein du wohin haben willst. Stelle dir einfach vor, ich sei dumm, auch wenn das unvorstellbar ist. Aber du mußt's mir schon erklären."

„Du brauchst es nur aus meinen Gedanken zu lesen, das geht schneller..."

„Den Teufel werd' ich tun", sagte Gucky schrill. „In deiner Hirnwirrnis bin ich einmal versumpft – nie wieder..."

Leyden grinste. Er versuchte, sich Stonehenge vorzustellen, wie es aussehen müßte. Hier verlor er fast den Überblick, weil die Anlage so gigantisch war. Lieber hätte er sich in luftiger Höhe in der Space-Jet befunden. Aber es mußte auch so gehen. Er gab Gucky die ersten Anweisungen. „Nicht, daß du Steine da abbaust, wo's nicht sein muß!"

„Für was hältst du mich?" schrillte Gucky empört.

„Für einen Mausbiber", sagte Leyden.

Gucky begann seine telekinetischen Kräfte zu entfesseln. Plötzlich packte ihn die Furcht, daß diese Energiesteine ebenso unempfindlich gegenüber seinen Para-Kräften sein könnten wie Steel. Und im ersten Schrecken griff er tatsächlich daneben.

„Schaffe ich das denn nicht?“ keuchte er und konzentrierte sich erneut, bemühte sich, Zeit und Raum zu vergessen.

Der erfaßte Megalith rührte sich nicht!

Gucky verstärkte seine Kraft. Leyden sah, wie der Mausbiber zu zittern begann. Und langsam, quälend langsam begann sich einer der Steine zu bewegen, Dutzende von Metern lang. Er rutschte auf eine andere Position zu, richtete sich dann ganz, ganz langsam auf...

Zu langsam, erkannte Leyden mit Schrecken.

Aber er trieb Gucky nicht an. Er wußte, daß der Mausbiber auch so sein Bestes gab.

Noch neun Minuten...

Acht... sieben...

Der Stein stand da, wo er sein sollte. Jetzt mußten rechts und links Dachsteine aufgelegt werden, um den Ring an dieser Stelle zu schließen. Auf der anderen Seite klaffte ein doppelt so großes Loch.

Gucky zitterte stärker. Leyden kniete neben ihm, berührte die Schultern des Mausbibers und hoffte, daß er ihm dadurch Kraft übermitteln konnte, wie auch immer das ging.

Noch fünf...

Langsam entwickelte Gucky Routine, begriff, wie er die Steine telekinetisch anfassen mußte. Trotzdem ging es zu langsam.

„Ich spüre die Katalysatorenergie“, klagte er. „Sie strahlt irgendwie zurück und behindert mich. Wieviel Zeit haben wir noch?“

Leyden log und war froh, daß Gucky nicht seine Gedanken las. Der Mausbiber blieb mißtrauisch. „So viel noch? Da stimmt was nicht..."

„Mach' weiter. Es reicht", sagte Leyden.

Verstohlen sah er auf sein Chrono.

Noch zwei Minuten. Da schloß Gucky das Loch auf dieser Seite. Aber da war noch das andere. Der Mausbiber teleportierte mit Leyden zur anderen Seite hinüber. Leyden spürte Guckys Erschöpfung. Er würde nicht mehr lange durchhalten.

Noch eine Minute.

Die EX-2115 befand sich drei Lichtminuten weit vom Sternenland entfernt und beschleunigte unaufhörlich.

„Rufen Sie Leyden an. Er muß mit Gucky an Bord kommen. Befehlen Sie es ihm", verlangte Herzog von der Funk-Z.

„Leyden meldet sich nicht", kam die Antwort nach einigen Minuten. „Er hat sein Gerät stillgelegt."

Da erschien auf dem Panoramaschirm wieder der blauhäutige Kahlkopf. „Der Terraner Leyden ist damit befaßt, den Planetenantrieb in Funktion zu setzen. Achtung, Raumschiff. Sternenland wird in wenigen Minuten eurer Zeitrechnung spontan Überlichtgeschwindigkeit erreichen. Sofortige Landung wird empfohlen, sonst Kollisionsgefahr. Der voraussichtliche Kurs ist nicht zu berechnen."

„Verdammt, ich denke, in diesem Weltraum gibt es keine Überlichtgeschwindigkeit", tobte der Erste Offizier. „Der Kalup geht doch hoch..."

Aber der fremde Roboter hatte die Verbindung bereits unterbrochen.

Der Bildschirm zeigte wieder das Computerbild.

Der Weltraum tobte. Die Schockfront erreichte den Planeten Sternenland. Der Weltuntergang begann.

Der Himmel verfärbte sich. Farbige Strukturen wetterleuchteten am Horizont. Sterne verschwanden einfach aus der Bildfläche. Ein schwaches Beben durchzog das Super-Stonehenge. Leyden spürte das Zittern des Bodens.

Gucky auch. Der Mausbiber stöhnte und versuchte noch schneller zu arbeiten. Es war nicht so, daß die großen Steinbrocken zu schwer für ihn waren. Aber die innewohnenden Energien verfälschten Guckys Para-Kräfte.

Leyden brauchte nicht auf die Uhr zu sehen, um zu wissen, daß die Frist längst abgelaufen war. Die Schockwellen kamen. Das leichte Zittern und die Farbschleier am Himmel waren der Anfang. Es würde jetzt von Minute zu Minute schlimmer werden.

Schwankten die Felsen nicht?

Wenn die Transmitterkonstruktion jetzt erneut zerbrach, gab es keine Rettung mehr. Leyden fragte sich, wer in aller Welt so närrisch gewesen sein konnte, vom Einsteinraum aus dieses Chaos auszulösen. Und vor allem: warum?

Wieder zitterte der Boden. Draußen hinter dem milchigen Schutzschirm tobten Staubstürme. Der Schirm selbst begann zu pulsieren. Hyperdimensionale Kräfte rissen an ihm. Leyden ahnte, daß er bald bersten würde. Wenn die Stürme dann Stein- und Erdbrocken gegen die Felsen schleuderten...

Da schrie Gucky auf.

Der letzte schwebende Felsbrocken entglitt seinem Griff!

Gucky stürzte, brach zusammen!

Leyden erblaßte. Der Steinbrocken setzte mit einer Kante auf, mit der anderen rutschte er von der vorgesehenen Halterung weg, kippte langsam, ganz langsam...

Aus! dachte Leyden. Das war's! Gucky bewußtlos und der Transmitter nicht einsatzfähig!

Da bäumte sich der Boden auf!

Sternenland erzitterte unter einem neuerlichen Energieschlag aus dem Weltraum! Sekundenlang schien die Schwerkraft umgepolt. Leyden wurde emporgewirbelt. Er hörte infernalisches Brüllen, das aus der Tiefe kam. Titanische Energieerzeuger bemühten sich, den Schutzschirm stabil zu halten!

Auf allen vieren kam Leyden auf und fühlte sich durchgestaucht. Er sah zu der Steinkonstruktion hinauf.

„Das gibt's nicht", entfuhr es ihm.

Der letzte Stein saß! Der Gravitationsschlag hatte ihn auch hochgeschleudert, und im Zurückfallen war er genau dorthin geknallt, wohin er gehörte!

„Der Steinkreis ist komplett", hörte Leyden, der Phlegmatiker, sich impulsiv aufschreien!

Der Transmitter war funktionsfähig!

Und er sprach an! Die Schaltzentrale schien nur auf diese Sekunde gewartet zu haben.

Blitzartig hüllte sich Sternenland in ein schützendes Absorptionsfeld und überschritt die Lichtgeschwindigkeit.

Das Chaos eines zerbrechenden Raum-Zeit-Gefüges blieb zurück.

17.

„Und das war's dann", sagte Gucky, der in Bullys Büro saß, die Beine übereinandergeschlagen, und die allgemeine Bewunderung genoß, die ihm zuteil wurde. „Das Sternenland entging der Katastrophe, ehe Schlimmeres passieren konnte. Die EX-2115 befand sich noch innerhalb der Absorptionszone und wurde einfach mitgenommen. Inzwischen hat sich die Raumstruktur drüben wieder beruhigt, aber wenn du mich noch einmal mit Weltraumexperimenten so in Bedrängnis bringst, Dicker, lasse ich dich schweben, bis du verhungert bist!"

„Gucky", mahnte Rhodan sanft.

Der Mausbiber zeigte den Nagezahn. „Ich tu's ja nur deswegen diesmal nicht, weil der Dicke nur so die Ausdehnung des Loches stoppen konnte. Aber beim nächsten Mal..."

Bully winkte ab. „Weiter."

„Den Rest hat Oberst Baron dir ja schon erzählt."

„Baron?" fragte Rhodan verwundert.

„Er meint Herzog", klärte Bully auf.

„Ist ja auch egal." Gucky winkte großzügig ab. „Jedenfalls stießen die Raumschiffe durch die beruhigte Zone in unser Universum zurück und sind mithin wieder da. Alle vier. Und in zwei Tagen ist das Tor auch endlich zu."

„Und die Menschen, die sich noch im Sternenland befinden?" fragte Rhodan. „Sind die für immer verloren?"

Der Mausbiber schüttelte den Kopf. „Natürlich nicht. Außer, sie wollen es selbst. Dieser Riesenmond hypnotisiert jetzt keinen mehr, weil der *Dienende* im Grunde keinen Helfer mehr braucht. Sein Supertransmitter funktioniert ja wieder, wenn ich auch immer noch nicht verstehe, wie das Ding überhaupt funktionieren kann." Er sah sich nach Leyden um, der gelassen in einem versteckten Winkel in Bullys Büro saß und nichts dazu sagte. Warum sollte er denn auch reden, wenn Gucky das schon erledigte?

„Die Menschen, die drüben sind", sagte Gucky,

„können sich freiwillig entscheiden, ob sie nach Terra zurückgebracht werden oder mit dem Sternenland auf die große Reise gehen. Diejenigen, die wirklich freiwillig dort bleiben, sehen wir natürlich nie wieder. Ich glaube kaum, daß das Sternenland innerhalb ihrer Lebensspanne noch einmal in dimensionaler Nähe der Erde auftaucht, oder überhaupt in dieser Galaxis." Er verzog das Mausgesicht. „Aber hier gewesen müssen sie schon einmal sein..."

„Warten wir es also ab", sagte Bully. „Ich glaube kaum, daß viele drüben bleiben. So schön ein Paradies auch ist – auf die Dauer dürfte es langweilig werden. Kein Wunder, daß die Ureinwohner sich entschlossen, auszusterben..."

Perry Rhodan lächelte. „Was mich an der ganzen Sache am meisten interessiert", sagte er, „ist wohl, wie Sie überhaupt auf den Gedanken gekommen sind, daß diese Stonehenge-Kreise als Transmitter funktionieren können, und noch dazu in Verbindung mit der Zyargoff-Komponente, Tyll..."

Leyden erhob sich und zuckte mit den Schultern. „Mir fiel einfach auf, daß dieser Doppelkreis in der dargestellten Form nicht so recht in die keltische Frühkultur paßt. Künstlerisch gesehen, meine ich. Die Kelten haben doch überall mit Schnörkeln gearbeitet. Wenn's eine Spirale wäre oder ein Kleeblatt... aber ein Doppelkreis ist doch viel zu einfach. Also mußte das Ding eine ungewöhnliche Funktion haben, die über die keltische Zivilisation hinausgeht. Und die Zyargoff-Komponente... na, irgendeinen Sinn muß die doch haben, weil Mütterchen Natur sich doch bei allem etwas denkt. Man mußte einfach nur drauf kommen."

Er schritt zur Tür.

Bully stöhnte auf. „Und da verbindet dieser Ideenschreck einfach das eine mit dem anderen... darauf muß man erst mal kommen..."

„Aber wer mag Stonehenge auf der Erde gebaut haben, wenn Sol keine Zyargoff-Komponente besitzt? Haben Sie da auch eine Idee, Leyden? – Leyden?"

Leyden hatte das Zimmer stillschweigend verlassen.

„Wo ist der denn nun schon wieder hin? Sind das Manieren, einfach so zu verschwinden?" empörte sich Gucky.

Bully ahnte etwas. Er sah auf sein Chrono und fand seinen Verdacht bestätigt.

„Ich schätze", sagte er, „unser guter Tyll Leyden hält sich mal wieder sehr genau an die altgewohnten Frühstückszeiten..."

Ein paar Tage später war Sternenland kein Thema mehr. Es wurde von anderen, aktuelleren Ereignissen überholt und verdrängt. Das Loch im Weltraum schloß sich endgültig und unterbrach damit die direkte Verbindung zu jenem wandernden Planeten.

Die meisten der Menschen, die sich im Sternenland hatten niederlassen wollen, kehrten aber mit Hilfe der Gürtelgeräte dennoch zur Erde zurück, als sie erkannten, auf was sie sich wirklich hatten einlassen wollen. Eine Reise in die Unendlichkeit, abgeschnitten von allem, was sie kannten, liebten und schätzten... das war doch nicht das Paradies, was sie sich ursprünglich vorgestellt hatten. Und so verzichteten sie auf die Große Reise.

Nur wenige blieben. Aussteigertypen, die aus allem etwas zu machen verstanden und die mit der modernen Zivilisation und ihrer Fülle einfach nichts anzufangen wußten. Träumer, die sich selbst aufzugeben bereit waren. Und so brauchte der *Dienende* doch nicht mehr einsam zu bleiben auf der künftigen Reise in die Ewigkeit.

Der letzte der Rückkehrer berichtete, daß der neuerliche Aufbruch des Sternenlands unmittelbar bevorstehe.

Seither hat niemand jemals wieder etwas von dem durch die Dimensionen wandernden Planeten gehört.

Die Götter von den Sternen

24. Juni 2332, Stonehenge, England, Terra:

Nebel stiegen aus dem dampfenden Boden auf. Die Wetterkontrolle ließ in den historisch bedeutsamen Bereichen der Erde die Originalwetterlage unberührt, und so gab es auch das typische England zu erleben – das Nebelland.

Vier Lebewesen standen vor der großen Konstruktion der zwei Steinkreise, die seit einer kleinen Ewigkeit teilzerstört war – Tyll Leyden, Tania Craven, Sir Karolus und Gucky.

Tanias Zeit auf der Erde ging ihrem Ende entgegen. Das Arkonsystem wartete auf ihre Rückkehr, aber vorher wollte sie Stonehenge gesehen haben.

Sie sah es und war nicht minder beeindruckt als von der gigantischen Transmitteranlage des Sternenlands.

„Aber das hier“, sagte Tyll Leyden leise, „war wohl doch nie ein Transmitter... auch wenn's die Zyargoff-Strahlen entsprechend reflektierte. Aber diese Steine hier... sind tot. Die haben nie Katalysatorenergien beherbergt. Wäre auch sinnlos, weil es hier keine natürliche Z-Strahlung gibt.“

„Aber warum steht dann diese Konstruktion hier?“ bohrte Tania. „Das kann doch kein Zufall sein.“

„Vielleicht", philosophierte Sir Karolus, „ist es nur eine künstlerische Nachbildung."

„Sie meinen..."

„Daß von Dänikens sogenannte ‚Götter von den Sternen' Realität waren, wissen wir seit langem. Die Erde hat in grauer Vorzeit immer wieder Besuch aus dem Weltraum bekommen. Vielleicht war auch das Sternenland schon einmal hier, und Besucher, die sich Terra anschauten, haben sich künstlerisch betätigt oder irdische Künstler und Zauberpriester zu diesem Werk inspiriert. Nichts als ein Kunstwerk, eine verkleinerte, naturgetreue, aber funktionsuntüchtige Nachbildung des Sternenland-Transmitters."

„Da ist was dran", sagte Leyden. „Die Götter von den Sternen..." Plötzlich sah er Gucky an, grinste Sir Karolus zu und blickte wieder zu den Steinkreisen. „Mir schwant was... Das hier... diese typische Karottenform der Megalithen... Das ist wirklich der Beweis..."

„Was für ein Beweis? Was hast du jetzt schon wieder für eine Irrsinnsidee?" schrie Gucky.

„Hm", machte Leyden. „Götter von den Sternen... Wenn man sich diese typische Form der Megalithen ansieht, bleibt keine andere Möglichkeit. Die Karottenform kann gar nicht auffälliger stilisiert werden", und er grinste noch breiter. „Ein überdimensionales Symbol der Karotte. Das ist der Beweis, daß die Götter Mausbiber waren!"

Guckys Augen wurden groß, größer, noch größer, und sein Mund öffnete sich zu einem hilflosen Protest, der aber nicht laut wurde. Die staunende Galaxis sah erstmals einen tatsächlich sprachlosen Mausbiber.

Aber irgendwann gewann er seine Fassung doch wieder. Und nicht lange darauf wunderte sich Mister Reginald Bull, wieso Gucky plötzlich von einem streng wissenschaftlichen Nachweis seiner angeborenen Göttlichkeit sprach.

„Die spinnen, die Mausbiber“, murmelte er und verstand die Welt nicht mehr.

ENDE